U0688695

跨度新美文书系
Kuadu Prose Series

跨度新美文书系
Kuadu Prose Series

Yun Shang De
Yangguang

云上的阳光

窦志先 ◎著

中国文史出版社

目　录

第 一 辑

第 二 辑

第 三 辑

第 一 辑

腾飞长空

我是无敌的天兵，我守卫万里长城。

始皇帝驱战车横扫六合，完成了国家统一大业，为抵御北方匈奴贵族南侵，又将边城修缮连贯，这才有了世界史上的奇观——万里长城。它逶迤迢遥，气魄雄伟，蜿蜒于祖国大地，仿佛中华民族的脊梁。

千百年间，内忧外患，风雷激荡，长城不倒，巍然屹立；民族不灭，更加兴旺。

长城是一首千古绝唱，有多少文人骚客用笔墨吟咏，有多少英雄豪杰用热血颂扬。

今天，春潮在涌动，伟业多辉煌。有人"追星"，有人经商，我是军人，军人自有军人的理想。国家有了安宁稳定，人民才能安居乐业奔小康。

于是，我横空出世，搏击长天，如斑斓的彩练，似雄壮的乐章，若飞翔的诗韵，是空中的铁壁铜墙。

秦皇汉武唱大风，而我则腾飞长空布天网。

敌人从地面来，我们有坚固的长城；飞贼从空中来，我们有飞动的长城。蓝天，大地，我们都固若金汤。

我是天之骄子，我守卫着这一片蔚蓝，以智慧，以勇敢，以赤诚，以信念，在祖国领空绘织四化美景，去迎接新世纪的曙光。

从太空看地球，又添了新的景观——

这就是我空中长城，这就是我天兵天将。

1994 年 2 月 15 日

蓝天织女情

一

正值芳龄的姑娘，当属富于幻想的年华。十七八岁的少女，更是有一串五彩缤纷的梦。是成为像南丁格尔那样的白衣天使，还是成为像居里夫人那样的科学家？抑或当一名像冰心奶奶那样的作家，用一支神奇的笔拨动千百万人的心弦……

不，你还是在放风筝的孩童时期，就向往蓝天，立志长大了要当一名蓝天织女。天空是经，大地是纬，银燕是梭。你高中毕业，终于说服妈妈改变了要你当一名艺术家的愿望，穿上军装，当上了女航空员，驾五彩云，乘万里风，穿于天地之间，绘呀，织呀，在祖国的领空绘一幅壮丽的画，织一张安宁的网。

二

爱情，宛若春天播撒的种子，得到适当的气候和土壤，便会生根、开花、结果。适合于爱情的气候和土壤，是男女间的互相接触和了解。每日里，花前月下，湖畔幽巷，不是常见这样双双对对的情侣吗？

可是，于你，这却像一个可望而不可即的梦。在航校当学员，明文规定不准谈恋爱；到了部队，正是飞行的黄金时代，又无暇顾及谈恋爱。随着年龄的增长，可以谈了，行旅匆匆，相聚的时间又那么少。似乎命里注定蓝天就是你的情人。

记得有一年中秋节，恋人从远方来看你。你们难得相聚在营院的桂树下赏月。圆圆的月亮还没有升起，你突然接到任务要出航，送一个生命垂危的病人上医院。你拎起图囊就走，他默默地跟在身后送你上机场。此刻，在两颗心的深处，掀起了一片甜蜜而又缺憾的涟漪。

皎皎明月，灿灿灯火，他却孑立路旁，目送你远航。月光泻落在他身上，也泻落在你身上，投下两道长长的身影。

中秋的月亮升起来了，但不是圆的。

三

婚后三天，你便与丈夫别离，返回部队，执行演习任务。新婚宴尔，你们就开始了牛郎织女的生活。

夜晚，你凭窗眺望，高远、静谧的星空里，那条横亘的宽阔的天河，在皎皎月色中闪着粼粼波光。隔河相望的织女星、牛郎星，像眼睛里滴落的两瓣晶莹的泪珠。

那古老的传说是美好的，也是令人心碎的。牛郎、织女每年七月七靠普天下的喜鹊搭桥来相见一面；你在天河岸边飞来飞去，和丈夫只能靠一年一度的假期相聚一次，而你常年可以相见的，只是这一片茫茫的星空。

四

艰苦的飞行生活，流逝了你美好的时光，悄悄地在你的额头和脸庞留下了清晰的印迹。

翻开你的飞行履历，你是一位成绩卓然的女航空员：科研试飞、人工降雨、海上磁测、空中救护、森林防火……哪里有艰巨的任务，哪里就有你的倩影。

可是，在爱情行列中，你却是一个姗姗来迟者。你二十七岁结婚，已近三十，还没有要孩子，有时你心里未免觉得有点空落落的。

有时候，你心中会倏然生发一种隐痛和神秘的渴望。你有健康年轻的躯体，不仅渴望做一个充满柔情的妻子，还渴望做一个充满爱心的妈妈。是的，和你年龄相仿的在地方工作的同学，有的早已做了妈妈。她们把孩子抱在温暖的怀里，用胸脯上两股生命的甘泉，哺育着从自己体内分离出来的新生命，这是多么惬意、多么诱人的幸福。那才是做一个女人和做一个妻子、一个母亲特有的幸福和权利。

但是，你也害怕过早地做妈妈，怕牵扯精力，影响事业的发展，才约束着自己。

可也不能永远不要孩子呀！

终于，在你三十岁生日的那天，你突然有了反应，恶心、呕吐、脸色泛黄。老大姐们见了，笑着向你祝贺："有喜了，你又长了一岁！"

五

呱呱坠地的婴儿，也是一个蓝天织女。你给她取名飞飞。

在人们的眼睛里，女航空员的孩子还能不像掉进了金窝银窝里？况且，在我国千千万万的家庭中，独生子女被视若掌上明珠、心肝宝贝，总是饭来张口，衣来伸手。难怪时下人们常叹道：独生子女是父母的"小太阳"，中国的"小皇帝"。

然而，在你这儿不然。

产假刚满，你就匆匆地返回部队，参加了飞行。出生不久的飞飞被留在老家，姥姥每天用牛奶为她充饥。开始，飞飞不吃，饿极了，才哭一阵，吮几口，哭一阵，吮几口。小小年纪，便远离了母亲，嗷嗷待哺；而你却常在飞行时被充盈的奶水鼓胀得疼痛难忍，每到这时，你就在座舱里用手轻轻地按摩，让奶水细细流淌。蓝天上，不但洒下了你的汗水，还洒下了你一个年轻母亲的乳汁。

一别三年，你才把飞飞接到部队。一天，你陪飞飞玩，拉着她的手，亲亲热热地问："飞飞，你说，你长得像谁？"

"像牛。"

"为什么像牛？"

"我是吃牛奶长大的呗。"

你一怔，睁大眼盯着飞飞，心酸酸的，猛地将女儿紧紧抱进怀里，顺手解开衣扣，愧疚、疼爱之情一齐涌上心头："孩子，这是妈妈的奶，你吃一口吧，吃一口你就长得像妈妈了。"

9

飞飞的小脸憋得通红，一个劲地往后缩："不嘛，妈妈的奶不能吃。"

你的泪珠落在女儿的脸上，交融在女儿的泪水里。

你能把女儿的情编织给蓝天，你却不能把蓝天的情编织给女儿。你和所有的蓝天织女一样，是中华女儿的精英。你们的志气、胆魄、智慧、爱情乃至生命，都在万里长空凝聚、爆发。

新的任务在等待。你，又驾着银燕，在天地间穿梭，为祖国的四化大业，为人民的幸福安宁，去编织更加绚丽的缎锦……

（载《工人日报》1987 年 7 月 26 日）

寻访柳树泉

　　早有心到新疆走一走，看一看。有道是，不到新疆，不知道中国之大。今年7月7日，我乘三叉戟飞机离京赴哈密，总算了却我的一桩心愿。

　　只是，我到新疆不为证实它究竟面积有多大，而是专程去寻访柳树泉。

　　柳树泉，地处天山脚下，戈壁深处，因生长柳树和涌流地泉而得名。在常年气候干燥、风沙四起、荒无人烟的大戈壁，能有这一处胜景，实属不可多得，绝对称得上沙漠中的绿洲。有这样一个美丽的传说：一名在炎炎烈日炙烤下的沙漠跋涉者，饥渴难耐，濒临死亡，忽闻前方就是柳树泉，顿觉一片浓荫盖顶，一股清泉濯身，感到神清气爽，终于坚持走完了全程。一个神奇的柳树泉，一个给人以生命的柳树泉。

　　二十五年前，也是在7月的一天，人民空军的一支人马浩浩荡荡地开进柳树泉，在这里安营扎寨，开办一座航空学院。创业是艰难的。受欧亚大陆气候的影响，这里的温差特别大，早穿棉，午穿纱，晚抱火炉吃西瓜。加之雨水少，风沙多，营区仅有几条尘土扑面的小路，十几棵孤零零的柳树，几间低矮的平房，给部队的训练和生活带来诸多不便。但是，困难面前有军人，军人面前无困难。官兵齐心合力，要用自己的手，开出一片新天地，都顾不得鞍马劳顿，挖井，修路，盖房，仅用九天时间，就拉开了建校后飞行训练的序幕。

上午11时许，飞机在哈密机场降落，接着我们便驱车前往柳树泉。6月的一场山洪冲垮了许多路段，我们乘坐的汽车只好绕道行驶，在正抢修着的搓板路上颠簸了两个多小时，终于到达我朝思暮想的柳树泉。出现在我眼前的柳树泉，昔日的荒凉，已被一代又一代人奋斗的成果所取代，砖瓦房错落有致，水泥路纵横交错，戈壁杨高耸入云，沙枣树新果满枝，教学楼窗明几净，跑道上机声隆隆……变了，柳树泉旧貌换新颜，变得使人倍加青睐了。

然而，当我寻找到了柳树泉的真正所在后，我似乎觉得对它的情愫才有了更深的含义。车到柳树泉之地，我就非常想一睹真正的柳树泉的风采，只因公务在身，当日无奈。这一夜我做了一个梦，兴许应了"日有所思，夜有所梦"的话，梦到一个智慧的神秘的伟岸的柳树泉。翌日，7点半，按时差应是北京早晨5点多，我情有所迫，急急地起床，前往柳树泉，内心里自觉像去拜谒一个神圣的精灵。柳树泉有两处，均在营区内，分为东泉、西泉。我去观赏的是西泉。走到近前，我吃惊不小，这里有二十多棵柳树，粗大的，细矮的，有的直立，有的歪斜，枝干交叉着，绿叶簇拥着，宛若一顶巨大的伞，撑起一片阴凉，将一口石砌的水池围在当中，并不见泉水涌出的迹象，池内仅有的水也被腐殖质沤得发黑变味儿了。我百思不得其解，难道这就是我久已向往的柳树泉吗？觉得有些失望。旁边有幢楼房，是飞行团机关所在地。一位值班的干部见我是远道来的客人，便主动上前搭讪，热情回答我的询问。从交谈中，我解开了疑团，得知这里以往常年从地下涌出清清的泉水，滋润着十数棵柳树，是名副其实的柳树泉。可是，六年前，一场无情的洪水过后，就再也见不到泉水了，大概是泉眼被堵塞的缘故。没有了泉水，柳树日见枯萎，谁见了心里都难受。这一棵棵柳树，是战士们创业的见证。二十个春秋，风风雨雨，它和战士们同喜同乐，同忧同愁，朝夕相伴，情同手足，人人几乎视它为自己的生命。危急之时，一场抢救柳树泉的活动自发地开展起来。训练后，课余间，那些未来的蓝天骄子们，学习前人的伟

13

大发明——挖坎儿井，寻找地下水源，没有奏效，便又披星戴月，运水泥，采山石，流血流汗，用双手砌成了现在这么一座颇具规模的蓄水池，接雨水，储废水。虽然没有往日泉水的清澈明净，倒也使这十数棵柳树起死回生，枝繁叶茂，傲然挺立于戈壁滩上，日晒叶更绿。过后思量，抢救柳树泉，并不亚于抢救国宝大熊猫。今天说起柳树泉，官兵们不无自豪。它使我想到，假如没有这一次的抢救，柳树定然无存。没有了柳树，没有了泉水，还有柳树泉吗？当然，作为一个地名它或许永远存在着，但那毕竟是名存实亡，假的。而今却不，它委实是一个真真切切、生机盎然的柳树泉。

置身柳树泉，不由得肃然起敬，我庆幸自己不虚此行，寻到了柳树泉，造访了柳树泉的人，更感受到了柳树泉所蕴藏的力量，那就是官兵们所肩负的面对边关、心想人民、国兴我荣、国衰我辱的崇高责任感和由此而激发出的艰苦奋斗的精神。他们把自己和祖国母亲连在一起，并不想有什么惊天地泣鬼神的壮举，只想做个忠诚的儿子，干点平凡的事情。有一次，一场罕见的秒速超过四十米、持续了四十四小时的风魔，直刮得昏天黑地，飞沙走石，推倒围墙，拔走树木，折断电线杆，撕碎飞机蒙布，连机身迎风面的防护漆也被肆虐的风沙打磨得精光，真是惨不忍睹！但是，官兵们骨头硬如铁，

14

意志坚如钢，决不向风灾屈服，而以超常的毅力，连续苦战七昼夜，从飞机中掏出黄沙七吨多，最多的一架竟清理出沙土二百七十六公斤。有十三名家属自告奋勇地加入抢险队伍，带上干粮，抬着缝纫机，有的还身背吃奶的婴儿来到机场，把被狂风撕碎的蒙布一块块地修补好。就这样，用十天时间便恢复了飞行训练。这难道不是一个奇迹吗？那情景回想起来还让人发怵，不过倒也显出了军中儿女的几分豪迈，着实够惊天地泣鬼神的。

可以想见，官兵们在这种环境里驻守确非易事，而要将妻子儿女接来安家则难乎其难。怎样安排他（她）们的工作？如何教育下一代？这些实实在在的困难，谁也无法回避。可是，他们和她们，硬是做到了。为使丈夫军心稳定、安守边关，她们有的宁肯离开繁华的都市生活，丢掉称心如意的工作，千里迢迢来到部队办的小工厂当一名"家属工"，和丈夫同甘共苦，并肩站到了从军戍边的行列里。学校飞行训练处副处长王清华的妻子曹菊，生活在条件优越的京华，工作在中南海门诊部，论舒适讲条件，没得比，但她想到丈夫飞行不能分心，毅然带着儿女来到戈壁，至今已有十五个年头，成了真正的柳树泉人。这使我不禁想起敬爱的周总理生前说过的话：如果说祖国的空中长城是由飞行员同志筑起的话，那么这个长城的一半是他们的妻子。什么是牺牲？什么叫奉献？什么为追求？每个人都可以依照自己的人生观做出判断，而我们从柳树泉人的身上，不难找到正确的答案。

流连于柳树泉边，我面对一棵老柳树出神。这棵树曾遭过雷电轰击，粗大的树干中间至今还留有烧焦的痕迹，但它没有倒下，仍然顽强地生长着，并且又伸展出许多新枝，晨风吹拂，绿叶婆娑，似轻柔的细语声，如诉如泣，如歌如吟。我问这里的主人，此树生长有多少年，回答不详，但从那历经风雨驳蚀的树干上，足见它多像一位饱经沧桑的老人，柳树泉有多么悠远，它就有多么悠远。在它周围生长着的大大小小的柳树，仿佛绕膝的儿孙，一代一代地生衍不息。在这里，我了解到老教员弓晋强，任教二十四年，精心培养出十九期三十八名合格的飞行员。与他同期入伍的战友，有的当了军级领导，带飞出来的学员有的也走上了师团领导岗位，而他仍然是名普普通通的飞行教员。对这些，他毫无怨言，始终如一，脚踏实地，默默耕耘，把一个一个"小鹰"送上了蓝天。同行们称他"蓝天老骆驼"，先后荣立二等功一次、三等功五次，被评为"全国教育系统劳动模范"。像弓晋强这样具有甘于忍耐的"骆驼精神"、扎根戈壁的"红柳精神"、勇于奉献的"人梯精神"的人在柳树泉滚雪球般愈来愈多，激励着一代又一代人扎根戈壁，建功立业。他们就是戈壁魂。

常言道，种瓜得瓜，种豆得豆，一分耕耘，一分收获。二十五年来，从这个学校孕育培养出各民族飞行学员三千三百三十二名，其中还把藏族第一代飞行员送上祖国的蓝天。累计飞行六十五万多小时无严重事故，创我军航空兵同级单位安全飞行时间最长的纪录。中央军委两次为他们记集体一等功。奇迹被柳树泉人创造。这是国内外航空史上的奇迹，真正的奇迹。7月8日，在他们安全飞行二十五周年的庆祝会上，总参谋部机关的一位领导欣喜地祝贺说：你们的辉煌业绩，既是空军的荣誉，也是全军院校的荣誉。听罢，飞行员出身的兰空司令员孙景华中将情不自禁，即兴赋诗一首，并亲口朗诵，以示祝贺：戈壁滩上马达声，天山脚下育雄鹰。二十五年如一日，献身尽职在忠诚。

两天寻访，过于短暂。离开柳树泉，回到北京，这些天里，我的心好似还在柳树泉，总想着那树、那泉、那人，甚至做梦也如此。我梦中的柳树泉人——天山雄鹰们，乘着祥和的东风，奋翅高飞，去创造更加美好的明天吧！柳树泉哟，到那时，我还要去寻访的，相信这一天不会等待太久。

（载《解放军文艺》1992 年 12 月）

信仰的力量

　　飞机像只大鸟，驮着我们飘然落在贡嘎机场，此刻真的就踏上了西藏这一片热土。我的视野里，苍茫的雪山没有尽头，瓦蓝的天空蓝得令人感动；五颜六色的经幡写满了佛教经文和六字真经在风中摇曳，偶见红墙绿瓦的寺庙外，成群结队的善男信女们或手摇转经筒念念有词，或三步一拜，周而复始，祈愿佛佑。阳光灿烂中我们的车子进入首府拉萨，布达拉宫在夏日阳光的辉映下更加肃穆神圣，拉萨河水欢叫着奔向远方，这里的一切都显得那么的神秘、苍凉、辽远、美丽。终于，我在2003年7月的一天踏上了西藏这一片神奇的土地，亲眼见到了梦中的西藏。

　　然而，当我置身海拔四千五百米的乃堆拉山口、五千三百七十四米的甘巴拉山巅，我的感受就完全不同了。那里是人类生命的禁区，冬季的氧仅为海平面的百分之四十，紫外线却相当于内地的六至八倍。就在这样极其恶劣的环境中，长年生活着我们年轻的战士。他们个个都是有着七情六欲的血肉之体，但又是钢打铁铸的非凡之躯。

几天来，头疼，胸闷，呼吸困难，食不甘味，夜不能寐，说话迟钝，走路缓慢，典型的高原反应。到亚东，上乃堆拉山口的那天，云雾缭绕，气温骤降，冷风扑面，除了缺氧头晕胸闷，还冷得让人浑身打战，而哨位上的浙江籍战士小陈，依然持枪警惕地守卫着阵地，那神态宛若阵地旁一株株凌霜傲雪、不畏严寒的"高山巨人"之花——塔黄。我情不自禁地走过去，与他合影留作永久的思念。在和战士们的交谈中，我常被他们的事迹感动着。乃堆拉山雷达站有一段上山的路不能通车，须从两座山之间的一个山坳穿过。虽说山坳不足一公里路程，却浅沟深壑，怪石嶙峋，路窄坡陡，险象环生，被当地人戏称为"断头路"，意思是两头都无法连接的路。官兵们日常工作、生活所需的各种物资，都是从这条路上靠肩扛、手提、人抬运上山。在这海拔四千五百多米的高山上，即使徒手行走也觉吃力，头晕头痛甚至喘不上气是常态，更何况还要负重跨沟、攀崖、爬坡，其苦其累、其难其险可想而知。也不管白天或是黑夜，只要有任务，一声令下，大家都争先恐后，踊跃参加，自觉把这当成一种锻炼。日复一日，年复一年，乃堆拉山雷达站一茬又一茬的战士带着梦想而来，在这条山路上洒下了汗水，磨炼了意志，服役几年后又带着对未来美好生活的憧憬从这条山路上离开，走向了远方……

次日，上午 10 点多钟，我们乘坐军用越野车登上甘巴拉——这个世界上海拔最高的人控雷达站。一下车我就感觉胸闷，呼吸急促，两只脚像踩着棉花地，一个趔趄差点摔倒，幸好同行的部队领导眼疾手快将我扶住，我心里清楚，这正是高原缺氧血压急速升高的反应。来到学习室，稍事休息，站长让人给我拿来一只氧气袋，我便一边吸氧一边采访，这是我在空军报社近三十年采访经历中的第一次，也是唯一一次。我一改以往的采访方式，请参加座谈的每人说一句最想说的话。副站长史永剑来自云南陆良，今年三十四岁，在甘巴拉一待就是九年，刚休假归队，上山五天了，因缺氧没有睡过一个囫囵觉，脸发青，唇发乌，喘着粗气含泪说："我的身体很难受，但我离不开甘巴拉。"话说得质朴，质朴得让人难以置信。雷达技师王进军，山西太原人，二十九岁了，刚与家乡的一位姑娘完婚，在甘巴拉已经战斗了五个年头，他对我说的一句话是："甘巴拉锻炼了我！"在甘巴拉代职的雷达工程师蔡伟，部队驻在条件优越的成

20

都，却主动找领导申请上甘巴拉，他说："甘巴拉是个苦地方，但也是锻炼人的好地方。"雷达技师吴正军、炊事员蒋春海、油机员何世偈、操纵员杨同军，他们用朴实的语言道出了共同的心声：扎根雪域高原，守卫好西南领空，做一名甘巴拉人无怨无悔！

采访结束，准备下山。在我的坚持下，特意请站长安排我们吃一顿"甘巴拉饭"——温水泡康师傅方便面。来到拉萨，听我的同乡张书冬政委介绍，甘巴拉雷达站近几年各项条件有了很大改善，但也有不尽如人意的地方，特别是遇上狂风暴雨或大雪纷飞的日子，山路被封，寸步难行，生活物资的供应就是一道难题，战士们用温水泡方便面吃的事时有发生。当我吃着温水泡的方便面，外软里硬，半生不熟，味同嚼蜡，实难下咽。为什么要用温水泡面呢？站长的一番话解开了我心中的疑团，在这海拔五千三百多米的高山上，大气压力低，水的沸点温度相应也低，山越高沸点温度越低，在甘巴拉山上烧开水，摄氏七十多度就达到了沸点，所以战士们经常喝"温暾水"。当然，这也只是战士们艰苦生活的一个缩影。我吃着"甘巴拉饭"，面对甘巴拉人，心里想的是"甘巴拉精神"。

来到西藏，走进官兵们中间，十天时间里每时每刻都被他们"缺氧不缺志"的精神所感动，我只觉自己的灵魂也得到了一次净化。

时光如梭，十多年转瞬即逝，而我却时常想起，驻守西藏的广大官兵，在部队是守卫祖国神圣领空的英雄，退役了也定然是不忘初心，牢记使命，为祖国现代化建设奉献青春和热血的勇士。因为他们是军人，即使脱下军装回到了地方，那也只是环境的变换，如同又开辟了新的战场。当年初新冠肺炎疫情在武汉爆发时，全国驰援武汉的数万名战"疫"大军之中，就有"逆行"而上英勇参战的退役军人的身影——建设火神山、雷神山医院，参加一线医疗救治，接送入院患者，为医护人员配餐，收集医疗垃圾，环境喷药消杀，驱车千里运送蔬菜，用交党费、献爱心名义捐款捐物，人人都在以行动诠释"原先我是一个兵，现在我还是一个兵"！几乎是同一时间里，遍布于各地的退役军人们如燎原之火熊熊燃烧在祖国的大地上！他们视疫情为敌情，吹响了冲锋的号角，自发组织起各种形式的党员突击队、老兵尖刀班、红星志愿者，昼夜不停奋战在疫情防控第一线，抢重活干险活，像在战场上杀敌一样奋不顾身，其中就有二十多人在战"疫"中献出了宝贵生命！他们退役不褪色，依然是不穿军装的军人。军人自有军人的信仰：无论何时何地，理想和信念的军魂不变，使命与担当的责任不忘，无往而不胜的精神不丢，积极投身于中华民族伟大复兴的梦想之中，这就是——信仰的力量。

在梦中，我又一次来到了西藏。

2020 年 4 月 1 日于京西

小岛宏图

天苍苍，海茫茫，茫茫黄海深处，有一岛，任风吹浪打，它不摇不晃，如钢钉一般钉在万顷波涛之中。

在这座远离祖国大陆的小岛上，驻守着空军的一个雷达连。它的前身是中央军委授予光荣称号的"红色前哨雷达站"。1955 年建站后，干部战士们在没有人烟、没有土地、没有溪水，仅有 0.03 平方公里的礁石小岛上，利用下岛探亲、外出办事的机会，捎回一把把、一袋袋陆地上的泥土，在小岛造出一块又一块"巴掌地"，种出绿油油、嫩生生的蔬菜。他们硬是靠这种被广为赞誉的"一把土精神"，坚守小岛，创造出了辉煌的业绩。

潮涨潮落，时代变迁，三十多年过去，连队变了吗？

带着一个大大的问号，我乘船登上这座岛。连队是十年前调防到这里的，至今小岛的生活条件仍然相当艰苦。

24

岛上，每年从 5 月下旬至 9 月下旬的四个月里，几乎天天大雾弥漫，三步开外瞅不清对方面孔，在屋外走路睫毛上能沾满一串串细密的水珠，闪闪发光。床上的毡毛垫子伸手能捏出水，提兜里的衣物不长时间便长出一两寸长的绿毛。那年 7 月，有个剧团上岛拍电视剧《人·鸟·岛》，一个多月不见阳光，整天价浓雾弥漫，急得剧组的同志唉声叹气，一点也没辙。最难熬的是不能及时收读到报纸杂志和亲人的信件，小伙子们的情书常常被耽搁在海的彼岸，一月两月也没准，魂牵梦萦，那是什么滋味？更何况还严重缺乏淡水，上下岛晕得死去活来……在这样的环境中生活，不是热爱海岛的人，没有金子般的心，能行吗？

　　排长万旭平，一米八的个头，四方脸，白白净净，穿一身合体军装，扑闪着一对黑亮的大眼睛，文雅中不失军人的英武，说话便流露出南方人的机敏。他是江南水乡——沙家浜腹地太仓人，是从南京公安干部学校英语大专班毕业后参军，在全国闻名的空军雷达学院学习一年，执意要到艰苦的地方尝尝滋味，便被分配来到这岛上，他是连里墨水喝得最多的人，平时大家都喜欢称他"秀才""学生官"。"秀才"的同学们大都在城市找到了理想工作，有的也成了万元户、企业家，抑或是身穿橄榄绿的人民卫士，建立了幸福的小家庭，而他却

"浪迹天涯"。我问他，是否觉得在海岛当兵吃了亏，他摇摇头："不！在这里，我认识到作为一个人存在的真正价值。"说到这里，他笑了，"同家乡相比，小岛实在清苦，在个人的生活上会失去一些东西。可我感到精神上很充实，心里是甜的。"

怪不得连里的干部对我说："小万不光自己把根扎在了小岛上，他还协助做其他战士的思想工作。他知识面宽，道理讲得透，方法又活，战士们都爱听。"小万在大学读过不少心理学著作，对青年战士的心理活动颇有研究，与战士们相处，很合得来。有时候，个别战士想家了，小万就把他领到海边，坐在礁石上，弹唱一曲"大海啊大海，就像妈妈一样……"音调不一定很准，却十分动情，吉他声和海涛声交织在一起，使战士面对海岛想到家乡，又由家乡想到海岛，抒发了爱岛、守岛的情怀，渐渐地由愁变成了喜。什么叫理想？什么叫精神？万旭平的行动，不是很好的回答吗？

在岛上，我见到连里的"碰海人"黄保金。他是志愿兵，有一张黝黑的脸，突出的颧骨，瘦小却十分结实的身板，握他的手好似握一根带杈的树桩，又粗又硬。他酷似渔家的后代，可我万没有料到，他是1977年从浙江嘉兴入伍，原先也是一个胖乎乎的"小白脸儿"。他家承包了十亩土地，因劳力不够，生活上并不富裕。妻子有意让他回家，可他的回答是："听组织的。海岛需要人，咱哪能说出口呢。"他的雅号不少，以前叫"老黄牛"。他不但有牛的倔强劲儿，更有牛的任劳任怨、甘愿吃草挤奶的奉献精神。当机电员一年后，他就到离连队几里远的海边生产组种菜，三亩多地，两个人种，他当头儿，每年为连里收获各种蔬菜四万多斤。冬天不种菜，他就烧锅炉，下坑道干活，这都是些不起眼的杂活，所以绝无轰轰烈烈、沸沸扬扬之举。

打从前年开始，连队派他下海打鱼，"碰海人"由此得名。海上作业真不是什么好滋味，凌晨两三点钟就出海，吃不上饭，在海上一待就是七八个小时，遇有风浪，小帆船在三四米高的浪峰上颠簸，呕吐是常事，吐胃液，吐黄胆。要吐时，脸发白；吐出后，脸发青。熬不住了，恨不得一头扎进大海里完事。他也直言不讳地说，有时觉得大部分时光耗在茫茫的大海上，实在太累太苦太险。可是，一看到战友们吃着他打的鱼，生活得到改善，不闹情绪，安心守岛，就什么怨言也没了，自己心里比吃鱼还乐。

而今，小岛上的战士，不仅继承了"一把土精神"，并且有了发扬。他们说："要艰苦，但不能当苦行僧。"因此，干部战士铆足了劲，挖山盖房，植树种菜，喂猪养鸡，环境美化了，生活改善了。连队不但有彩电、收

27

录机、洗衣机、照相机，还有和面机、绞肉机、电冰箱、红外线烤箱哩；同时办起了俱乐部、游艺室、图书室，还在山坡上修整了一个标准的水泥球场……

有志者事竟成！变了，人变，岛变，连队变。他们连续被上级评为先进连队，连长宋恩祥严格管理，带兵有方，被领导机关树为"优秀连长"，立了功，还有二十几名干部战士立功受奖。

上岛前，我脑子里的"？"已经被拉直，变成了"！"。我惊叹他们的过去，也惊叹他们的今天。于是我想：人民军队正在向现代化迈进，陆海空立体防卫和进攻的武器已经初具规模，改革的大潮正在军营涌动，人的观念在不断地更新，可在一些人的心目中，"一把土精神"被贬值，似乎不怎么吃香了。试问，倘若没有"一把土精神"的传扬，我军会不会有今天的强大呢？我相信，这些小岛战士、海的儿子，用他们的精神创造的未来，必将更加令人惊叹。

小岛，它宛若祖国的门户，它无愧是人民的眼睛，它就是安宁的守护神。

（载《工人日报》1988 年 7 月 31 日）

阵地即景

天　　线

黄海北部前哨的小岛最高峰，有一部测高雷达。雷达的天线，近看像一艘竖起的小艇，远看似一弯上弦的新月。它始终高仰着头，白天黑夜，不停息地转动。黎明，它转来满天朝霞；夜晚，它转来满天星斗。它抗着风，搏着雨，拨着雾，把密集的电波送上数万米的高空，严密地监视着祖国的神圣领空。

它是天线，它多像战士们布设的天网！

电　　缆

雷达阵地，四周是葱郁的青松林。林中有一束长长的电缆线，它仿佛战士的神经中枢。情报信息，通过它传给指挥所，上报到首脑机关；作战命令，经过它下达到作战部队，凝结于利剑之中。它裸露在光天化日之下，却隐匿着无法公开的秘密。它远离祖国的大陆，被惊涛骇浪包围着，可它每时每刻都和祖国的安危、人民的命运紧紧地联系在一起。

水　　井

山坳里，战士们从石头缝里抠出一眼井。当我蹲在井口处，侧耳细听，那"叮咚叮咚"的滴水声，不由使我想起《上甘岭》，想唱"一条大河波浪宽"，也使我想起《黑三角》，想唱"边疆的泉水清又纯"。但这井中的水，毕竟不是来自河来自泉，而是从山脊中一滴一滴渗出的。

岛上淡水奇缺，经常要从陆地用船送水上岛。如果遇到风大雾浓，船不能出海，十天半月没有水洗脸刷牙，也是常有的事。有一次，吃的水也没有了，只好用海水蒸馒头。那蒸出的叫什么馒头啊，又苦又咸，还咬不动。连长第一个拿起馒头，高声地喊道："为了这小岛，吃！"大家吃，狼吞虎咽地吃。连长看大家吃完"铁疙瘩"，默默地离开饭堂，自己却被感动得流了泪。多好的战士啊！这种精神和意志，仅用金钱就能买来吗?！

有了这眼井，再也无须用海水做饭了。那一滴滴的水，多像母亲的乳汁滋润着战士的心田。山是母亲，战士就是山的儿子！

岩　松

风吹，雨淋，日晒。不知道什么时候，有一粒小松子在山头雷达阵地旁萌芽、生根，长成了苗。

小苗儿越蹿越高，长成了树。多少年来，山风摇，它不动；暴雨冲，它不垮；酷暑严寒，它巍然挺立。长年累月，不分昼夜，它就是这样陪伴着我们的战士，坚守在这座小岛上。

真正令人惊叹的是，在它生长的地方，没有一把土，没长一根草。它那坚强、发达的根系，是从一块巨大的岩石上穿透下去，伸展开来，通向四面八方，又猛地扎进地心，仿佛合力将整个小岛抱在怀中——誓与小岛共存亡！因为战士们崇敬它，就给它起了一个特殊的名字：岩松。

岩松，有战士的性格；

战士，有岩松的品德。

（载《福州晚报》1985 年 6 月 24 日、

《空军报》1985 年 7 月 18 日）

弯弯的山路

渤海湾东部，有一座小岛。小岛最高峰曰塔山。在塔山顶上有一个雷达阵地。

4月末，一个淫雨霏霏的日子，我们来到小岛，登攀塔山。山上有一条小路，曲曲弯弯，通向山头的阵地。二十五年前参加开辟这条山路的战士王广田，而今已经是所在部队的政委。他陪着我们上岛，领着我们上山。站在路端，登高望远，视野开阔。海风拂动衣襟，宛若在向我们深情地诉说着什么。王政委嘴角浮起一丝微笑，颇为自豪地说："这条小路，有三十二道弯呢。"这时，我再定睛细看，小路果真像一条褐色的缎带，被风卷拂着缠绕在山上山下。啊，小路溢着战士的情！

站在弯弯的山路向远处眺望，隐约可见与雷达阵地隔壑相峙的山头上，有一座已经被风雨剥蚀的碉堡，它像一张贪婪的大口，又像一座古堡的幽灵。王政委指点着它说，那碉堡在日军侵华时，驻有一个日本兵，靠手下豢养的一批本岛的走狗，蹂躏着岛民！仅有一个日本兵，却践踏了一个岛！碉堡成了历史的残迹，成了倭寇罪恶的见证，更是炎黄子民耻辱的标记。战士们把它当作常鸣的警钟，在山路上立下了"爱岛、守岛、建岛"的誓言，要把小岛建成御敌的堡垒。岛上的风大，居于小岛制高点的雷达阵地风更大，平素小风四五级，最大的风力达到十二级，有时胳膊粗的松树被刮断了枝，路上的石头被刮得满山跑，阵地上有两根高十八米、直径十厘米的避雷针，硬是被暴烈的海风刮成弓形。战士们没有被偌大的风吓住，而是在山下挖土石四百多立方，又弄来水泥、沙子，在小路上来回跋涉，一块块、一袋袋地扛上山头，修筑起一道数十米长、一米多高的挡风墙。从此即使遇有七八级大风，天线也能照常转动，没有出现过一次错漏情现象，保证了战备工作的落实。

岛上的路酷似一根琴弦，时时弹拨着战士爱的心曲。海岛的生活是艰苦的，食用淡水很困难，他们寻泉打井，一连打了四眼井，汩汩甜水润心田；吃蔬菜不便当，他们在路边的山坡上开荒种菜，春天韭菜、小葱吐绿，夏天芹菜、萝卜、黄瓜、西红柿、辣椒长得水灵灵、嫩生生，瓜菜香气袭人。山路上成群鸡鸭蹒跚而行，"嘎嘎""咯咯"的叫鸣声，使小路充满了生机，平添了乐趣。

路上石头多、杂草旺，战士们要改变它。每逢植树季节，人人动手，在路边种了杏树，栽了桃树，植了油松、柞树，移来野花椒、山枣、红枫，还有那金黄的迎春、俏丽的映山红和妖艳的夹竹桃。山路上，春天草青，夏天树绿，秋天枫红，冬天雪白。即使到了七八九月的雾季，氤氲缭绕，迷蒙中，满坡的黄花绿树，却也胜似那"秦淮烟柳"的景致。

微风裹着细雨把山路洗刷得分外明净。路两边的奇花异卉，笼在这四月的烟雨里，多像一首诗，多像一幅画。但这如诗如画的小路也含有战士的哀怨和惆怅，寄托了多少思念和遐想。1975 年初，从四川农村入伍上岛的小巫，当上了雷达操纵员。可刚干一个月，炊事班缺人，领导就决定他改行当炊事兵。小巫想学点技术，脑子转不过弯儿。那些天，他常常独自跑到山路上，有时一声不响地坐着，有时来来回回徘徊。指导员、老班长在山路上和他散步、谈心。当他听了脚下山路的来历，多云的脸上豁然开朗。当初建连，这荒山野岭没有路，兵器无法运上山，战士们挥锤、握钎、打炮眼、撬石头、平沟、填壑，为修出这条路，多少人风餐露宿，流血流汗，甚至不惜付出生命的代价。每年，小路边的杜鹃花开得如血如霞，格外惹眼，传说就是因为有了这条路，才开出这么美丽的花。小巫被感染了，心想，一个人离开了工作的需要，就谈不上自己的理想。前人为啥子要开这条路？就是要为祖国母亲守好岛、看好门啊。十年来，他在小岛上扎下了根，以精湛的烹饪技术赢得了战士们的爱戴，他多次立了功，受了奖。问他还打算在小岛上干多久，他憨笑："如果需要，阵地在，小路在，我就一定在！"

小岛的路哟，似乎是有灵性的。二十多年来，它迎来一批批年轻的战友，送走一个个合格的人才。有多少战士的青春，就是在这条山路上度过。这是一条富有理想的路，充满活力的路。啊，小岛的路，看见它的今天，仿佛就看见了海岛战士的未来……

（载《工人日报》1985 年 8 月 11 日）

穿着魔鞋起舞的人

1

  场灯渐暗，紫绒帷幕徐徐拉开。两千多双眼睛一齐投向前去。在舞台灯光的辉映下，他们都是什么表情呢？他们不是普通的观众，而是参加全国独舞、双人舞、三人舞比赛的荟萃的群英。同行们的眼光有时是很挑剔的，今天大概也不会例外。

  淡绿色的柔弱的灯光，委婉动人的古曲的旋律。在这样一种美妙的诗一般的意境中，她从千年的安详静卧中苏醒，向着向往已久的人间，展臂起舞着走来了！她多么像佛祖释迦牟尼的弟子阿难的容貌，多么像普度众生的观音菩萨的神态，都像又都不是，她却是敦煌艺术宝库中一个彩塑的神女形象。要不，怎么叫《敦煌彩塑》哩!

给神女注入生命活力的是谁？有的观众正凭借舞台的灯影翻看着精美的节目单，哦，是她——空军歌舞团青年演员杨华。

舞台上，有着抒情诗般的优美动人舞姿的姑娘，舞台下，却有着近于痛苦的磨砺呢——

在学员队，老师爱用期待的目光打量着杨华，她那修长的身材，往哪儿一站，都使人联想起那飘逸的勿忘我花朵。柔嫩白净的脸颊，清澈明亮的眼睛，总好像在幻想着什么、寻觅着什么。天赋条件好，可塑性很强，需要的是扎扎实实的基本功。于是，老师开始了对她的启蒙教育：

"舞蹈是在有限的舞台空间里，通过演员的形体动作、舞蹈塑形、变化无穷的舞姿等手段，表达出人物的思想感情，从而感染观众，这就需要有过硬的艺术功力才能达到。"

于是，练功房里，那光洁的把杆，明亮的大长镜，绿色的地毯，单调而又无休止的琴声……都成了杨华最好的伙伴。琴声响了，她举手，投足，腾跳，旋转……

跳，不停地跳。在她的脚下，也像有英国芭蕾舞电影《红菱艳》中维多利亚·蓓姬穿的那样一双"魔鞋"，走到哪儿跳到哪儿。她有了长足的进步，老师常常在同学们的面前表扬她。而这又变成一种无形的力量，反转来推动着她跳，拼命地跳！有时刚撂下饭碗就去跳，科学的方法不顾了。倒胃、恶心，她终于得了神经性呕吐，还是一边治疗一边跳。她才不在乎呢。

那是1973年，杨华年方十四。她苦心孤诣，起早贪黑地跳呀，旋呀！渐渐地，她跳没劲，旋无力，四肢瘫软，见油想吐。奇怪，这是怎么啦？

"杨华，你的脸色蜡黄，看看医生吧！"老师十分关切地催促道。她还在犹豫、恐慌，却被老师和同学们推推搡搡拥进了卫生所。

诊断结果，急性黄疸肝炎。她被立即隔离，住进了传染病房。

杨华意识到艺术生命可能到此结束了，于是陷入了极大的痛苦之中。啊，不！多少个日日夜夜的追求，怎么能离开它呢。

杨华仰卧在病床上，用嘴巴轻声哼着伴奏，用心灵在"跳动"，在"旋转"。她是多么迷恋艺术事业啊！

同室的病友吃惊不小，有一回竟悄声对查房的医生说：

"这个小杨华，天天在床上念念有词，比比画画，该不是着了魔吧？"

杨华听了暗自发笑。

这一天，她对着小镜子一看，差点没哭出声来。镜子里的一张脸快变成圆的啦——发胖了。发胖，是一个舞蹈演员致命的弱点。杨华惶恐不安：不准练功，再这样躺着，转氨酶也许下去了，身体恢复得快了，可我艺术的生命就给毁了。"不，我要艺术的生命!"她情不自禁地嚷道，又一次哭了。

"哭有什么用呢？要想得到光明，今后靠自己努力吧，小华。"在她刚刚懂点事儿时，姐姐就这么告诫她了。

那时的小杨华，每每听了姐姐的话，总是扑闪着两只水灵灵的大眼睛，似懂非懂地"嗯嗯"点着头，两个"羊犄角"也随着摇动起来。

渐渐地，她听说了，爸爸是个"日本特务"，而且爸爸、妈妈为此准备离婚。离婚是什么呢？她说不清楚。可她看到邻居家的孩子，父母亲离了婚，有的跟着爸爸，有的跟着妈妈。夜晚，喊妈的，要爸的，那哭叫声有多惨哪！那我去跟谁生活呢？妈妈，还是爸爸？姐姐又怎么办？爸爸那么好，怎么会是"特务"？"特务"是什么样的呢？她去问姐姐。

姐姐阴郁的脸上挂着晶莹的泪珠，凄楚地回答："是坏人。"

坏人！爸爸是坏人？哪能呢？瞬间，泪从她的心里流了出来。天哪！天底下能容得下那么多的家庭，为什么就不能有自己家的一方立足之地呢？生活的阴影过早地投向了她。

命运多舛，她不低头。在那样的年月里，人们能用什么向她施舍呢？除了多数给她以同情和怜悯外，也有少数人在背后叽叽喳喳地议论和投以白眼。

有一天，姐姐突然像瞅着一个陌生人那样瞅着妹妹："小华，学跳舞吧？"

"我行吗？"杨华喜形于色，双臂勾住姐姐的脖子，撒娇地问。"蹦蹦跳跳，挺好玩呢。"

"行！"姐姐仰望天空的流云，想得更远了，进一步开导她，"好妹妹，不是为了好玩，是寻找一条生活的路哇！我看，你的体形就像个跳舞的，将来没准能成个舞蹈家哩。"

她有些惆怅。在她幼小的心灵中就知道有个跳"白天鹅"的舞蹈家白淑湘，在"天翻地覆"的年月里，吃过许多苦，有人要折断"天鹅"的翅膀，不准她再演戏了。但她为了艺术，白天坐"喷气式"，晚上仍然偷偷练功，从不间断。想到这儿，她仿佛看到一只带伤的白天鹅翱翔天空！她也想学那只白天鹅。于是她挺不好意思地盯着姐姐的脸，咯咯地笑了。她从没有想过要当舞蹈家，现在却真的做起了金色的梦。可是，她又犯愁了：

到哪儿去学呢？谁敢教我呢？

从那以后，父亲、母亲和姐姐都发现杨华变了，不大喜欢到人多的地方去玩，也不知道她从哪儿搜罗来几本破旧不堪的画报，喊来邻居的一个小女友，等大人不在家时把门一关，一起看着画报上的剧照，舒臂、踢腿，没完没了地跳着、比画着。有一回被妈妈撞见了，嗔怒地斥责她："这孩子，真有点儿神神道道！"说完，看着女儿满头大汗，又心疼得泪水盈盈，心想：真是个懂事、要强的孩子啊！可是，做妈的给了她什么呢？……

离她家不远处，是一个机关的住宅院，这里有台公用的黑白电视机，每天晚上都开放。在那文艺萧条的日子里，能够看看重复了不知多少遍的文艺节目，也是很幸运的。每逢电视里播放音乐、舞蹈节目的时候，杨华必定去看。她躲在一个黑暗的角落里，随着那音乐的旋律，模仿着荧屏上的演员的舞姿，胡乱地将两只胳膊弯过来伸开去，扭着腰肢，搓着碎步，把脑袋东歪一下，西歪一下……时间一长，人们倒是发现了一个新鲜事：这儿还有个对着画报和电视学跳舞的小姑娘呢。

这个小姑娘，她还那么小，就开始感受到了世态炎凉。但她并不是在昏暗中仅仅寻找自己的出路，她憋足了劲头，要努力奋斗，决心献身于祖国的舞蹈艺术事业！也许，坎坷的命运，培养了她自强不息的性格。她，小小的年纪，就想得那么深，而且敢于向自己的命运挑战了，真正的不简单哩。

她在心田里播下的艺术的种子，终于到了萌芽的季节。1970 年，年仅十一岁的小杨华，冒充十三岁（学员最小年龄线）考入了空军歌舞团学员队，穿上了军装，成了一名地道的文艺小兵。多亏了她的老师罗秉玉慧眼识珠，一株新芽拱破了冻土，沐浴着阳光雨露，开始健康地成长……

头一次走进练功房，罗老师面对那明亮的大长镜、绿色的地毯、光洁的把杆，对她教育：

"跳舞可不像跳猴皮筋儿。优美的舞蹈，是在舞台上通过演员的动作、舞蹈塑形和千变万化的舞姿等来表达出人物的思想感情，从而去感染观众，给人以美的享受。这就需要有过硬的艺术功力才行啊。"

认真地听完，默默地走开，杨华不知道说什么好，但她却懂得用什么回答老师了。琴声响了，她举手、投足、腾跳、旋转……

"一——二！一——二！"随着喊声，一双睿智的目光在身后盯着她。

"蹲，半蹲，擦地，小踢腿！"罗老师像练兵场上的指挥员，准确发出每一个口令。

"这么简单的动作。"杨华心想，做得干脆、利落，几乎不用更多的重复就能达到要求。

"射燕，探海，卧鱼，倒踢紫金冠！"老师接着发出一连串的口令。

"啊，这是芭蕾的动作吗?"杨华发怵了，喃喃地说，"难度太大了。"

"要做一个出色的舞蹈演员，应当从难从严，全面加强基本功训练！"

老师的声音怎么这般严厉?瞧，她的双眉都快倒过来了，多吓人哪。"是！我做。"杨华哽噎着，出汗了。

一个高难动作，她跳十遍，几十遍，几百遍。汗水，雨点一般，滴答、滴答、滴滴答答。把杆下湿了一块，地毯上湿了一片。

"动作一定要和音乐紧密配合，注意和谐。"罗老师那双睿智的眼睛，在身后盯着她。

跳，旋，和谐，汗水……她练着练着，不知不觉中猛地想起了自己非常喜爱的一本书《约翰·克利斯朵夫》，她希望自己能够具备音乐家克利斯朵夫的许多优点。"唯有创造才是欢乐"，她想到了罗曼·罗兰说过的话。跳，旋，和谐，汗水！"这是不是'创造'呢?"她自问又自答，"反正我很快乐。"

学员们在毕业分配前，须下部队当兵锻炼。杨华和几个小同学被分到空军襄樊医院，当了护理员。医院坐落在半山坡，每天晨曦微露，小鸟儿开始在山林里啁啾，她们就闻着鸟的啼声起床，踏着晨光下山挑水，然后为伤病员们洗刷。当兵三个月，天天如此。杨华虽然年龄最小，可她也担着两桶水，跟小姐姐们在弯弯曲曲的山道上跋涉。肩膀压肿了，脱了几层皮，晚上躺下腰酸背痛，她从不叫一声苦，反而抓紧时机练功，奋力地跳动、旋转。每跳一次，旋一圈，她仿佛都感觉到有一双睿智的目光在盯着自己，疼痛和疲倦也似乎都不觉得了。

跳动，跳"动"！杨华记得美国当代诗人安格尔来中国访问时说过："舞和诗都是'动'的艺术，舞蹈家和诗人闪着同样的念头。不同的是，诗人用文字的语言，舞蹈家用身体的语言。"诗人对舞蹈艺术的见解鞭辟入里。她由此想到，舞蹈演员应该在跳动、旋转中磨炼"身体的语言"，为观众表演出多姿多彩的"动"的艺术。

然而，那毕竟是艺术的美、幻想的美，"真实的最高的美是在现实世界中找到的"。杨华哟，就是一个在现实世界中寻找美的探险者啊……

翌日，清晨，艺术的母亲呼唤她悄悄地起了床，穿一身雪白的病号服向楼下走去。她想寻找一处僻静之地，去跳，去旋。

"杨华，你怎么起得这样早？"楼梯口传来了一个轻柔的女声。

她扭回头，看到是一位比自己大不了两岁的夜班护士，便微笑着向她回答："人家睡不着嘛。"

"那也不能到处乱跑呀。你是传染病人，懂吗?"小护士生起气来更好看，脸上的两个酒窝深深的。

"哟，干吗这么凶呀，一本正经的。"杨华小嘴巴一撇，然后冲护士一吐舌头，嘻嘻笑道，"好姐姐，我想、我想……"

"你到底想干什么?"

"干脆说吧，我是跳舞的，每天必须练功，这也是我们的规定呀。"杨华就像在家里和姐姐撒娇一样，"好姐姐，放我走吧，嗯——"

"好妹妹，听我说，"护士的声调轻柔似水，但态度却不容置疑，"演戏我看你的，治病你就得听我的了。回去躺着吧!"

没有一点商量的余地，杨华被"押"回了病房。这天夜里，她失眠了，仿佛看见艺术的母亲在招手，她是多么离不开艺术啊。她难过极了，抱着枕头哭到了深夜。

哪儿能躺得住哇! 一连数日，杨华仰卧在病床上，练举手，打碎了床头柜上的茶杯;练投足，常常蹬掉盖在身上的被子，她只能用嘴巴哼着伴奏，用心默想着"跳动""旋转"。她酷爱艺术，多么不愿离开它呀。

又一天，她从小镜子里再次看到自己越发胖了，她终于忍不住焦急地哭出声来。这可恨的身体，你为什么要发胖，你不知道我是舞蹈演员吗！杨华恐慌极了。医生们哪，你们不准我练功，总让我这么躺着，这样的治疗，这样的爱护，我受不了，受不了啊！不！我要跳，我要旋，我要夺回艺术的生命！为了艺术，少活几年又算什么呢。

到哪儿去练功呢？医生、护士发觉了是不会同意的。因为治疗不好，会拖成慢性病，容易复发，她们也是一片好意呀。这，怎么办？杨华苦思冥想，蓦地想出了一个主意，情不自禁地乐了。这个小姑娘啊，心计还真不少哩。

平时，她积极配合医生治疗，常给同室的病友们讲故事，逗得大家乐呵呵。可是，当医生、护士一离开，病友们读书、看报、聊大天，她就溜出了病房，一到治疗或开饭的时候她又准时出现。

日复一日，一个月过去了。杨华明显消瘦，转氨酶时高时低，医生们很着急，她却满不在乎，整天像只小喜鹊，叽叽喳喳，眉开眼笑。有时，她对着小圆镜，左顾右盼；有时，她又洗洗涮涮，擦窗拖地。医生和病友们都叫她是个"爱干净爱漂亮的小天使"。

事情终有"败露"的时候。这一天的晚上，病人们都开完了饭，仍不见杨华的影子。小喜鹊，她又"跳"到哪儿去了？值班的小护士来到拐角处，推开病房厕所的门，里边传出了"一——二！一——二！"的数数声和呼哧呼哧的喘息声。她大声喊道：

"杨华，你给我出来！"

"哟，吓死人哪。"

"吃饭了！"护士假装生气地问，"你在干什么呀？"

"这、这怎么好说呢……"

"嗬，装得还挺像呢！躲进厕所里练功，还让病友们为你保密。其实呀，我早就发现你的秘密了。"护士伸出指头在她的鼻尖上轻轻刮了一下，笑道，"只不过没揭穿，懂吗？"

"我的好姐姐！"杨华被感动了，眼泪簌簌而落。

"真是个小姑娘！平时你那么爱干净，躲在厕所里练功……"护士搂着她，话没有说完，眼泪涌了出来。她看出，在舞蹈中寄托着杨华的理想，倾注着杨华的生命；倘若硬是禁止她练功，这更不利于对她的治疗，弄不好还会憋出新的病来。多细心的护士姐姐啊！她们有一颗相通的心，都在为艺术母亲而流泪吧。

2

优美动人的古曲旋律，飘颤在色彩斑斓的舞台空间。

神女在这梦幻般的意境中，动中有静，静时有动，栩栩如生的造型和亮相，使她显得那样善良、文静、端庄、温柔、贤淑，真是东方的"蒙娜丽莎"，具有典型的东方女性的美。

济济一堂的艺术家们，从神女的形象中看到了美的生活、美的典型，憧憬美的过去，呼唤美的未来！美的欣赏、美的感情，拨动了每个人的心弦，震颤出强烈的共鸣曲……

为此，杨华推迟了半个月的出院期。但她毕竟是带着能跳、能旋的身体出院了。她又回到了渴望已久的练功房，像一只海燕经过了一场暴风雨后，又飞回到大海的怀抱，照一照那明亮的大长镜，踏一踏那绿色的地毯，摸一摸那光洁的把杆，听一听那单调而又无休止的琴声……她入迷了，她陶醉了。她又舒展开长长的双臂，像海燕一样高傲地、自由地飞翔了。腾跳、旋转、和谐、汗水……

啊，厄运总是和这个姑娘纠缠不休。正当杨华病体初愈，抓紧练功的当儿，在一次旋跳中半月板扭伤，同时发现膝关节骨质增生。练功时间稍长些，双腿就痛得直打战，有几次下车连站都站不稳，摔倒在马路上。完了，真的就命该如此吗？不，不！一个人的命运是可以改变的，关键在于不向它低头，要有自强不息的精神。

跳，旋，疼痛……她没有向谁吭一声。她想暗暗用自己的痛苦，创造出美的艺术，给别人送去快乐和享受。要再次同病痛做斗争！她自觉加大运动量，腰部绑上沉重的沙袋，在行人川流不息的路边，在垂柳依依的湖畔，在寒风呼啸的雪野，拼命地跑呀、跑呀。有时被增生的"骨刺"折磨得难以支撑，她还要在脚腕上吊起一摞砖，刻苦地练。过量的训练，使她觉得即将处于崩溃的边缘，随时都有可能倒下去。但是，童年的梦在她脑海中萦绕——做一个舞蹈家。练，不停地练。"如不燃烧，必将熄灭——这就是规律。"她在体痛难忍时，常用奥斯特洛夫斯基的至理名言激励自己，决心不惜一切，把梦想变为现实，要用自己生命之火，去点燃艺术生命之光。

　　她，又一次战胜了病魔。因而，也就更加珍惜分分秒秒，腾跳、旋转，比从前更加勤奋了。

　　她终于"跳"出来了！老师决定让她第一次正式登台跳了。演出后，舞蹈界的前辈艺术家们欣喜地发现，空军有个杨华，基本功扎实，男演员的有些高难动作，她也能跳。接着，又让她跳了一个独舞，电视台还转播了，杨华留在千千万万观众的心上啦。

3

　　矫健轻捷的身影，婀娜多姿的舞步，像风一样轻轻，

49

像云一样悠悠。神女哟，从她的眼睛、动作、表情中，都表现着对人间怀有真诚的爱——这人类最美好的感情。她的心灵是那么美好，不会矫揉造作，没有一丝假仁假义。她，多像一个爱的精灵。

台下，两千多位艺术家的目光被她牵绕，心灵被地震慑。从她表现的美唤醒着美，从她表现的爱感受着爱。

而她，年轻的杨华哟，在舞蹈艺术中全身心地表现着美和真诚的爱，那么，在生活中呢？她也要把美和真诚的爱与所追求的艺术事业紧密地联系在一起。以前，有一些小伙子从舞台上或电视中看到过杨华，触"景"生情，慕名而至，有的写信，有的登门，多以"高干家庭""生活优越""工作时髦"，甚至"相貌英俊"等"高档"条件，大胆地向她求爱，但都被杨华一一谢绝了。她觉得这些人浅薄得也够可以的。一个人只图金玉其表，而精神空虚，缺乏理想，没有追求，生活是很可怜的。没想到，有少数不了解内情的人，爱在背后点点戳戳，议论她清高。听了，笑笑，她并不在乎。随着年龄的增长，关心她婚事的同志也越来越多，但她一点也不着急，非要找一个志同道合的不可。

1979 年，一个阴雨绵绵的日子，杨华告别了辅导她自学英语的老师，来到大街上。当时正下小雨，她也有些饿了，就到商店里买包点心，想等雨停了再走。

可是，老天下个没完。她看看表，索性向公共汽车站走去。老远，她见一个年轻人正冒雨立在站牌旁，深情地注视着她，不由心里一颤："老师，你……"

在相互接触中，她渐渐发觉他有理想、有抱负，特别酷爱自己的天体物理专业，勤奋得有些发痴。不过，她也有些疑虑：酷爱科学的人，对艺术事业是否也支持，也热爱呢？所以，在没有摸准对方的心弦之前，对他送来的爱，杨华总是用回避作为"防范"。此时此刻，此情此景，她心里像揣着金色的小鹿，咚咚直跳。

"你呀……"真是一个痴情的人，杨华终于被感动了，"看你浑身淋得这个湿哟！"

"你不是看过一部电影，片名叫《雨中情》吗？"他笑了。

"哦，叫《雨中曲》吧？"

"不，《雨中情》。"

真是天赐良缘，雨中情。温柔的风，绵绵的雨，尽情地吹吧，尽情地下吧。

她终于接过了"丘比特"射来的"神箭"。

虽然，他们由师生变成了恋人，而杨华还是把他当作自己的老师。花前月下，他们并不满足于卿卿我我，更多的还是对事业的切磋和探讨。他经常对她说："无论做什么工作都要敢于冒尖。一个优秀的舞蹈演员，需要全面加强艺术修养，广泛学习各种艺术，以丰富、充实自己的头脑，通过学、想、练、研究、模仿和探索，尽力塑造好每一个角色。"

真是高山流水遇知音啊。她在他的启发和帮助下，像一只辛勤的小蜜蜂，在历史、政治、自然科学和文学、戏剧、诗歌、美术、音乐、摄影、体育等的百花园中，博采众家之长，广泛汲取丰富的营养，精心酿造着甜美的蜜汁——舞蹈艺术。她买了大量的书画，有唐诗、宋词以及各种中外文学名著，有达·芬奇、徐悲鸿、贝多芬、施特劳斯和聂耳、冼星海，有抽象派、印象派、现代派……她都尽量涉猎，其中有的还喜爱至极。她在学习中还发现，舞蹈和书法也是有关系的，唐代书法家张旭，曾从公孙大娘矫健优美的舞姿中得到启示，使他的草书更加神采飞扬而富有强烈的舞蹈感。姊妹艺术，真是触类旁通。

这一对热恋着的年轻人，正当在一起对事业殷殷求索之时，他要出国了，到加拿大第一大城蒙特利尔深造。这一去将是很久。机场上，飞机旁，亲人相送，情切切，意绵绵，有难舍的拥抱，有难分的哭别……她，杨华，没有拥抱，也没有哭别，而是把深深的爱，惜别的情，变成由衷的祝愿，向登上了舷梯的男友喊道："记住，拿不到硕士学位，就别回来见我。"

小伙子啊，重重地点了点头，"噔噔"地走上了飞机，每一步都显得是那样的有力、自信，难道这不是爱的力量吗？

4

光阴荏苒，两年过去了。大洋此岸与彼岸，隔不断两颗相通的心。杨华每天都在为"尽力塑造好每一个角色"而勤学苦练。练功房里，琴声如涓涓细流，不绝如缕。腾跳，旋转，和谐，汗水……她今天正在跳一个高难度动作。窗外高高的白杨树梢上有一对喜鹊喳喳喳地欢叫着，也像在为她助兴。跳，跳了几十遍，几百遍，不满足，她要跳上一千遍。

"杨华，你的长途电话，快!"门外有人喊。

啊，真正的长途，横跨大洋，飞越万里，从蒙特利尔打来的。

一只颤巍巍的手抓起了电话："喂，我是杨华……"

"我可以回去见你了!"听得出，对方的声音里流露出压抑不住的兴奋。

"哦、哦……"

"不能说句别的吗？祝贺我的话!"

"哦、哦……"

"你这是怎么啦,光会说'哦、哦'呀?"

"哦、哦……"许久,杨华才从甜美的梦中醒来,又回到了甜美的梦中,"你听到喜鹊在叫吗?我等着你……"

1982年,杨华结婚了。经团里领导批准,她和丈夫到北戴河度蜜月。那里可是一个旅游的胜地。但是,杨华并无心观赏那芬芳馥郁的奇花异卉。早晨和傍晚,她最喜欢跑到海边,携着丈夫的手,怡然地走着。初升的朝霞,落日的余晖,泼向大海,金色的海浪温柔地舔着他们的脚。海燕陪伴着他们,在头顶上绕来绕去,宛若翩翩起舞的少女。大海啊,是那么辽阔、深邃和神秘,奥妙无穷。它正如一位作家用深情的笔描绘的那样——"世界上再没有比海洋更伟大、更神秘、更叫人向往的东西了。那里有安宁,有风暴,有温柔,有呼啸,有无数财富和生物,有千变万化的奇特景象。"看着大海潮涌浪卷的雄姿,杨华如痴如狂,沉醉在浩瀚的艺术海洋之中,面对大海,她手舞足蹈起来。

丈夫看出妻子想练功了,便站在海边的沙滩上,晃了晃膀子,说:"练吧,我给你当'把杆'。"

是的,把杆。杨华扶着他投足、压腿……每天过得都很愉快。可杨华心里还是觉得空空的,特别是一看到大海,这种情绪便愈加浓烈。啊!她是在想着练功房,想着那明亮的大长镜、绿色的地毯、光洁的把杆、单调的琴声……那里也是大海，艺术的大海；她天天都在孕育着自己的儿女，艺术的儿女！那艺术的大海，要比眼前的大海更绚丽、更神奇、更美妙、更令人向往啊。

丈夫很理解妻子的心思："回北京吧，回到你那'大海'的怀抱中去吧。"

回到团里，杨华就投入了紧张的基训和排练。他甘当"模范丈夫"，买菜、做饭、洗衣服，全包下了。每天还要自制冷饮送到练功房或排演场，给妻子祛暑解渴。有一次，他去送水，正逢杨华在排练舞剧《伤逝》，进行和乐。他便坐在台下观看。剧中人物涓生和子君间的思想矛盾和性格差异，用一连串的舞姿和哑剧动作，饱满而深沉的感情，纤细而含蓄地表现了出来。扮演子君的杨华，刚做完被"涓生"托举的动作后，猛地见丈夫提着水瓶愤然退场，心里感到莫名的难过：他是怎么啦？气还不小哩……

"停！"导演在台下吼起来，"杨华，你刚才的动作和音乐不和谐。"

杨华一愣，她意识到自己刚才是走了神儿。要是在演出中，这会算事故的。

"重来！"导演神情严肃，把手一挥，"开始！"音乐声起，如泣如诉……

回到家里，杨华见丈夫已经做好饭菜在等候，心里暗暗发笑。

"吃饭！"他把饭送到她的面前。

"不，我要喝水。"杨华有意气他，"为什么把水提回家，不让我喝？"

"看不惯！"他余怒未息。

"什么看不惯？说呀！"

"艺术应该是美的，我觉得你们那个托举动作不美。"

"那是编导根据剧情设计的，表演是我的工作。我看，你准是……"杨华用指头点了点他的鼻子，"你不能这样，这是我的事业啊！"由此，她敏感地预想到在自己今后的生活中，也许会出现"伤逝"的。

"嘿嘿，因为我太爱你了，"他扶了扶眼镜，说了句笑话，"开始是有点不习惯，不过，放心吧，我不会扯你后腿的。"

第二天晚上，《伤逝》彩排。

吃过晚饭，他收拾停当，说："杨华，我去看看你们的彩排。"

"不行！你看了，又会跟我闹别扭。"杨华不容分说，"哐当"一声把门带上，反上了锁。

"开门，杨华！你这不是让人笑话吗？"

"放心吧，硕士同志，你别说话，没人知道。古得拜！"杨华嬉笑着跑下楼，向排练场走去。

彩排回来，已经快11点钟了。杨华推门进屋，见丈夫没有睡，正在台灯下翻阅一本《鲁迅选集》，神情专注。她忙走过去直赔笑脸："喂，书呆子，又不高兴了吧？"

"是的。"他合上书本，抬起头，托了下眼镜，"鲁迅先生在小说《伤逝》中，通过描写涓生和子君的思想矛盾，深刻地揭示了当时社会的腐朽、黑暗，以及青年知识分子脱离革命洪流、脱离民众，追求所谓个性解放的必然悲剧……"

"你怎么给我说这些？"杨华来了兴致，但她不明白他为什么不直接回答自己的问话。

"可是，你在今晚上的表演中，对子君这个人物的分寸感有时把握得不够准确，所以，就不能很好地揭示作品的主题。"

"我也有这种感觉，但不知道毛病出在哪里。"

"扮演什么角色，就要对她产生感情，深入于角色的特定感情之中，表演要深浅有度，这就离不开分寸感。而分寸感则是表明一个文艺工作者艺术上成熟的重要标志。"丈夫以探询的目光看着她，"小华，你说有道理吗？"

"你为什么不早跟我谈谈这些?"

"你为什么不准我去看你们的彩排?"

"咦,怪事儿,你对今晚的演出怎么知道得这么清楚?"

他从兜里掏出一把钥匙:"看,嘿嘿嘿!"

5

音乐声终止,场灯亮了。紫绒帷幕徐徐拉严,又徐徐拉开。独舞《敦煌彩塑》的表演,精彩极了。"神女"站在台前,弯腰施礼向观众谢幕。

"哗哗……"两千多名艺术家们离开座位,站起身,向"神女"报以最热烈的掌声。这掌声经久不息,不正是对她心血和汗水的馈赠吗!

著名舞蹈家戴爱莲热泪盈眶,一边鼓掌一边赞颂道:"后生可畏!她是我国舞蹈界近几年培养出来的最好的青年演员之一!"她的话并没有过誉,而是反映了众多舞蹈艺术家们的共同心声。大会经过严格评审,杨华荣获了表演一等奖。她童年的梦,变成了现实,终于获得成功。

啊,神女!啊,杨华!你在舞台上创造了一个表现古典女性的《敦煌彩塑》,而在自己的生活中却展现了

58

一个当代青年的精神彩塑。但是，任重而道远，艺术之巅入云端，你在今后的生活中，又将如何去登攀呢？我们正翘首以待啊……

不久，她被挑选到中国艺术团，出访了美国、加拿大。四十多天里，几乎天天有演出。许多侨胞和外国友人通过观看她与同伴们的表演，领略了一个文明古国的艺术所特有的魅力，看到了中国的艺术瑰宝不但可以与世界文化媲美，而且能够令世界倾倒，中华民族不正应该为此而感到自豪吗！

杨华没有辜负众望。最近，她又被中央宣传部和中央文化部选调到文艺界的重点工程《中国革命之歌》剧组，担当了领舞、独舞和双人舞的重要角色。不久，我们将能从舞台和银幕上看到她以更新、更美的舞姿出现在大家眼前。

彩塑，她在为丰富多彩的生活塑造更多的新人的形象。她，多像一个舞动的彩塑！

（载《文汇月刊》1983 年 3 月、

《漓江》1984 年 6 月）

金达莱之歌

相信我吧妈妈

我是你的金达莱

冷岩冻土里扎根

冰山雪岭上盛开

千里北国是我故乡

万顷林海伴我成长

装点春光更明媚

理想花开永不败

啊——

女儿不忘你的深情厚爱

……

坐在我面前的这位歌坛新秀，是个气质、秉性都很
特别的姑娘。我们的交谈一开始，她就唱起了这支《金

达莱之歌》，委婉、动人的旋律，不由把我带到了祖国的南疆……

那是 1982 年 12 月 4 日，她随着文艺演出队登上了广西前线的金鸡山，为空军雷达站和陆军哨所的战友们慰问演出。

"到了山顶上，我清晰地看见了越南那边荷枪实弹的士兵，疾驰的汽车上挂着伪装网，黑洞洞的炮口指向我们的国土。"她眼睛里燃烧着火焰，好像刚从前线班师归来，"忘恩负义的越寇，真可恨，我当时多想用大炮轰它几下，解解气！"

我不由得连连点头，笑了："每一个有正义感的中国人，看到这种情形，都会像你那样想的。"话锋一转，我问道，"现在毕竟不是'同志加兄弟'的年代了，两军对垒，你死我活，你就不感到紧张？"

她"咯咯"地笑了起来，说道："开始是有点儿。越军经常向山头上放冷枪，至今营房的墙上还留着越军打的弹洞和留下的弹皮。"顿了顿，她满含敬意地说，"不过，当我看到那些战士们把自己的热血之躯置之度外，为了人民生活的安宁，像钢钉一般钉在祖国的最前哨，我就由衷地敬佩他们，他们是'新一代最可爱的人'。自己这时也就有了力量，胆也壮了，情不自禁地要为他们歌唱。"

姑娘的感情是非常丰富的，说着，眼泪扑簌簌地落了下来。

我无疑受到了感染，眼窝子热热的、湿湿的。

她说一连唱了七支歌，战士们还一个劲地鼓掌："欢迎再唱一支，再唱一支！"部队首长怕她累坏了嗓子，再说前沿阵地一直处于临战状态，危险得很，劝她别唱了。"要不，就进山洞掩蔽所，喝口水，歇会儿再唱。""不要紧，首长。"她婉言谢绝了。她说："当我看着这些和我年岁差不多，曾经在反击越南侵略者的战场上冲锋陷阵、流血流汗的战士们，就有一股不可抗拒的热浪从心底涌出！我若能用歌声鼓舞起战士们的斗志，狠狠打击来犯越寇，不正是我梦寐以求的吗？我要唱，放声地高唱！"

于是，她流着泪唱，战士们手握钢枪流着泪听。我想象着那是一个多么热烈的场面啊！"金鸡"高唱，山鸣谷应。

"看到这些'新一代最可爱的人'，我就像看到了家乡的父老，再唱三天三夜，也报答不尽对他们的无限深情和爱戴啊！最后，我又给他们唱了《金达莱之歌》……"她显得有些激动。

真没想到，姑娘不但感情丰富，而且还很善于联想，从南疆她一下子想到遥远的北方，想到北方那绿色的森林。

姑娘是谁？她的名字叫崔贞玉。她从小就喜爱唱歌，这在家乡是出了名的。在小学读书的时候，路上，天真烂漫的贞玉就喜欢对着青山、白云，对着绿林、沃野，对着哺育她成长的蓝色的镜泊湖，高高兴兴地唱，没完没了地唱。

有时唱歌忘了时间，迟到了，挨了老师批评，认个错儿，没过多久，又会迟到，又要挨批。老师生气了，板着脸问她：

"小贞玉，你到底是想读书，还是想当个歌唱家？"

她摇摇头，嗫嚅了半天，回答："不知道。"

这一天，老师领着小同学们围坐成人圈，玩"丢手绢"，谁输了就出节目。随着"咚咚咚……"的击鼓声，花手绢儿在每个人的手上传递着，像彩蝶一般飞舞。

"咚！"一记重槌，鼓声停了，手绢正好落地生根，扎在贞玉的手里。她咬着嘴唇，红着脸蛋儿，被推推搡搡拥到人圈中间，不知是谁喊道：

"老师，贞玉爱唱歌，叫她唱一支歌吧！"

"行！"老师抚摩着小贞玉蓬乱的头发，给她鼓劲，"别害怕，唱一个！"

小贞玉没有推辞，看看老师，瞅瞅同学，放开嗓子唱开了，声音尖亮、动听：

"相信我吧妈妈，我是你的金达莱……"

"贞玉唱得好不好?"

"好!"

"再唱一支要不要?"

"要!"

掌声带着很强的节奏感，像音符一般颤动，令人陶醉。

不知不觉中，高年级的同学们也被她的歌声吸引过来，掌声和叫喊声把小贞玉包围了。

"当当! 当当! ……"上课的铃声响了，总算给贞玉解了围。

没等同学们走散，班主任拽着贞玉的胳膊来到音乐老师的面前:

"张老师，这是个会唱歌的好苗苗!"

"哦?"年轻的音乐老师将信将疑，伸手拿来二胡，"唱一段，我给你伴奏。"

"唱什么呀?"她仰面望着老师，扑闪着一对黑亮的眼睛，羞答答地问。

"你会唱什么呀?"老师学着她的腔调，笑眯眯地反问。

"……冷岩冻土里扎根，冰山雪岭上盛开……"

"还会唱什么?"

“北风那个吹，雪花那个飘……”

“好！还有吗?”

“洪湖水呀，浪呀么浪打浪呀……”

贞玉哪里料到，她的歌声已经从广播里传了出去，在全校播放。同学们轰动起来了，平素谁也没有注意到这个不起眼的小姑娘，歌儿唱得会这么悦耳！

老师可兴奋了：“贞玉，以后常来，我教你唱歌!”

“好呀！”贞玉像一朵云，轻轻地飘走了。人生的道路有时就那么奇特地向前延伸着。她连做梦也没有想到，今天“丢手绢”会和她唱歌结下了不解之缘，从而使她有幸登上声乐舞台。当然，这中间还要走一段艰辛的道路。

学校组织晚会，贞玉成了当然的“小歌星”。她的个头很小，只能站在凳子上唱。虽然是一副童声，但非常洪亮，观众简直不敢相信歌声是从她那小小身体和小小嘴巴里飞出来的。

一阵又一阵掌声，一次又一次返场。她已经几次谢了幕，台下的人们还在用掌声伴着呼唤她：

“贞玉，你别走呀!”

“贞玉，再唱一支吧!”

她第一次感受到，歌声能把人和人的感情联结在一起！她真正感到了从未有过的幸福，幸福的花儿就在她心头开放！

可是，贞玉的童年也有不幸。她出生在镜泊湖畔一个朝鲜族林业工人的家庭。尽管那里有着苍苍林海、肥土沃野，但她一生下来就好像营养不足，又瘦又小，爱哭爱闹。

刚满八个月时，妈妈就得了风湿性关节炎、十二指肠溃疡，生活不能自理，只好经单位批准，到外地疗养治病，一去就是半年。

等到她回家时，小贞玉已经牙牙学语，会叫"妈妈"了。可是，这个小瘦丫头偏认不出谁是自己的妈妈，她是吃着姥姥的奶水长的。她听小姨喊姥姥"妈"，也跟着学舌叫一声"妈"，小姨喊妈妈"大姐"，她又跟着学舌叫"大姐"。全家人听了轰然一笑，她笑得更开心、更甜了。

妈妈的笑，则是含泪的笑，总觉得对不住孩子。女儿是那么小，自己却没有尽到一个做母亲的责任。常讲"慈母爱"，我的慈母爱到底在哪儿呀？以往失去了的，今后就加倍补偿吧，还来得及。

用什么东西补偿女儿呢？买新衣服？做好吃的？难啊！连姥姥一家共十二张口吃饭，全靠妈妈四十多元薪资。但是，表达爱的方式有很多种。妈妈会唱歌，好听，动人。每天晚上，她都把女儿搂在怀里，不顾一天工作后劳累的病体，唱歌给她听，教她一句一句学着唱。唱《金达莱之歌》，唱《北风吹》，唱《洪湖水浪打浪》《唱支山歌给党听》。

"……我把党来比母亲……"小贞玉唱着唱着偎依在妈妈的怀里，不知不觉地睡了……

门前的小松树长高了一截，小贞玉也能颠颠儿地跟着大人上山采蘑菇、摘野梨、挖山菜了，走到哪儿唱到哪儿，活像一只小百灵。她无忧无虑，快活极了。

实在没有料及，她居然"一举成名"，成了学校文艺宣传队里的一名主要演员。

在这原始的大森林里，工人们有的是力气，缺的是文化生活。特别是冬天，花儿早谢了，鸟儿不叫了，山风呼啸，林涛怒吼，千里冰封，万里雪飘，工人们除了能够进山猎取一点山货外，只有围在火炉旁，靠喝酒、胡扯乱谈打发掉难熬的严冬。所以，贞玉常跟随宣传队给他们带去欢乐。

在林场演出，工棚里，火炕旁，熊熊的炉火把工人们脸上炙烤得通红，节目不论好赖，台上和台下，总是不时爆发出一阵阵欢声笑语。此情此景，是一幅美丽的画，是一首抒情的诗，还是一支亢奋的歌？贞玉虽然说不出来，心里却很高兴，老想多唱给他们听。

那时，贞玉正赶上换牙，两颗门牙没了，唱歌时关不住风，吐字也不太清楚。但是，只要她满怀深情唱完一支歌，大爷、大叔和大哥哥们都会使劲为她鼓掌，喊道：

"小豁牙子，再来一个！"

不唱，就甭想走下台。她感到了快活，一种别人难以体味出来的快活！也许，乡亲们就是用这样的方式对艺术怀着一种渴求心，感染、教育和鼓舞了贞玉，使她在崎岖的艺术道路上攀登不止，孜孜以求，困难也压她不倒、拖她不垮。

贞玉在舞台上是"主角"，在家里是"总管"。妈妈有病，爸爸常年不回家，她把家务活全都揽过来，洗衣、做饭、带弟弟……样样能干。没柴烧了，她背只小筐，翻山越岭，到木料场捡树皮，看木料的更倌都认识这个会唱歌的小豁牙子，逗她唱几支歌，破例送她一些树皮、枯枝什么的。她笑了：噢，歌声还能换来生活中缺少的东西哩！家里用水，要到井台上担，她个子还没有水桶高，担不起来呀！妈妈出于无奈，给她买了两只旧油漆桶。山路难走，两只水桶悠悠打打的，一不小心摔倒，"咕咚"一声响，水洒光了，可桶儿摔不坏，那是铁的。这时又得重返井台，再提两桶，格外小心地挑回家。

一群小伙伴们跟在身后，一边听她唱歌，一边帮她担水。她又笑了：嘻嘻嘻，这不都是唱歌换来的吗！最初，她对唱歌的认识，就是这样朦朦胧胧的。

毕竟，贞玉太年轻，稚嫩的脊骨撑不起一家人生活的重负啊！从晨曦初露，到月落星稀，贞玉上学念书、参加演出、操持家务，晚上躺在炕上，瘦小的躯体连翻身的力气都没有了，腰酸腿疼得真想放声大哭一场。但是，她不哭，也不对任何人说一声累或苦。说了，妈妈会心疼，甚至不让她再去为工人们唱歌了。别的好说，不唱歌怎么行？她实在迷上了唱歌。

粉红的杏花，凋零了；雪白的梨花，绽蕾了。正是在这花落花开的季节，黑龙江省教育工作会议在牡丹江召开。贞玉参加了林业局文艺宣传队，被特邀去为会议演出。

进城，那里是一个花花绿绿的世界，这对常年厮守在偏僻山区的孩子来说，不亚于去赴一个盛会，过一次节日。有条件的姑娘们，在家人或亲友们的帮助下，连夜赶做新衣新鞋，着意打扮一番。

可是，贞玉的妈妈半年前离家到牡丹江林业干部学校进修，无法关照她。姥姥不忍心，翻箱倒柜找了半天，连块像样点的小手绢儿也没翻着，最后只好把小姨头上用旧了的红头绳解下来，给贞玉扎上，聊表全家人的一点心意。贞玉嘻嘻一笑："穿旧点怕啥呀，歌好听就行呗！"就这样，她踏一双露着指头的鞋，穿一条露着膝盖的裤，离开了家。除了唱歌，贞玉对生活好像一无所求。

在火车上，她快活得像只小鸟儿，叽叽喳喳，又说又笑。同行的韩大姐看她这一身穿戴，心想这样怎么好在大庭广众之下登台演出呢。便从列车员那儿借来针线包，坐在贞玉身边，含着泪帮她补鞋、缝裤子。

到了牡丹江，刚住下，妈妈突然出现在小贞玉的面前，她是接到宣传队领导的电话来的。"妈妈！"贞玉一下子扑到妈妈的怀里，半年没见了，她多么想念妈妈呀！"妈妈，我是来唱歌的。"她话语中带有几分骄傲。

妈妈从头到脚打量完贞玉，一句话没有说，拽着她的胳膊就上了大街，走进一家百货商店。

"请拿一双袜子来，"妈妈对柜台里的服务员说，"颜色鲜亮一点。好，就那双黄的。"又回过头来问贞玉："喜欢吗?"

贞玉全明白了，扽了扽妈妈的衣袖，小声嘀咕："我有袜子，在挎包里。"

"再给拿条裤子。"

售货员选了一条蓝色背带裤子，递了过来。

"这要花多少钱呀?"贞玉噘起了小嘴巴。她懂得一分钱在自己家生活中的作用，可舍不得呀！"妈妈，少买件衣服，给我买本唱本吧。"

70

妈妈不理她，接着又挑了一件红条绒上衣，一起付了钱，当场就让贞玉换上。

　　贞玉对着镜子，左照照，右照照，似乎都不敢认自己了："啊，这就是我吗？穿上新衣服，我也有这样好看呀！"她冲着大长镜，嘻嘻地笑。

　　妈妈站在女儿的背后，左看看，右看看，没有笑，越看泪珠儿越多，好像断了线，总也淌不完……在回去的路上，妈妈又特地领她走进新华书店，买了两本新出版的歌曲集。自从会唱歌，她就没见过什么歌本，今天妈妈一下为她买了两本，她比穿上新衣裳还高兴。

　　晚上，小贞玉第一次在乐队的伴奏下，用她纯真的童声一连唱了八支歌，当她演唱《金达莱之歌》时，中间几次被观众雷鸣般的掌声打断。她在台上瞅见坐在前边的妈妈，一边看一边抹眼泪，于是，她唱得更加动情了，她要为妈妈唱支歌。

　　演出后，省教育局的领导接见演员时，把小贞玉举起来，高兴地说："了不起，你是一个小天才嘛！"然后，又对贞玉的妈妈说，"你生了一个好女儿，做父母的应该感到骄傲，你太幸福了！"

　　听了这一番赞美之词，妈妈的心里酸酸的，眼睛红红的：要是家里条件好一些，这孩子兴许会有出息的。

　　1977年春天，黑龙江省艺术学校要在牡丹江地区办一个艺术班，招收四十名学员。正在高中读书的贞玉，从音乐老师那儿得到了消息，高兴极啦！她让妈妈给做了点干粮，冒着凛冽的寒风，穿过莽莽的森林，急如星火赶去考试。不料，山路难行，当她走进考场，仅剩下两个在考试的考生了。贞玉走进门内，东瞅瞅西看看，谁也没有注意到她这个瘦小赢弱的姑娘，她鼓起勇气对主考老师说：

"我也想考，行吗？"

老师扭回头，用手托托玳瑁眼镜，打量她一眼，轻声地问："你想考什么呀，小姑娘？"

"唱歌。"

"噢，是声乐。"老师侧转身对坐在旁边做登记的人说。

刚才老师说的专业用语，贞玉头一回听说，觉得挺新鲜的，她想：我要学唱歌，学"升月"干什么呀？我又不是嫦娥！她以为老师听错了，急忙摇手解释："老师，不不！不是考升月，是考唱歌。"

在场的人一听，哄堂大笑。

"傻姑娘，考唱歌，就是考声乐，懂吗？"主考老师目光透过镜片，落在贞玉红云般的脸上，微笑着问，"会唱什么歌？"

贞玉毫不迟疑地回答："什么都会。"

"嗬！口气不小嘛。那就唱吧。"

俨然一个很老练的演员，她没有半点儿怯场，当即唱了《台湾同胞我的骨肉兄弟》，唱了《党的光辉照延边》。最后，应老师的要求，又加唱了她的保留曲目《金达莱之歌》。她太喜爱这支歌了！

歌声一停，主考老师冲她笑笑："回去等通知吧。"

不几天，一张散发着油墨香味的录取通知书飞到了贞玉的手中。她兴高采烈，终于进了艺术学校。她一头扑进了音乐世界，脑子里装满了那些变幻无穷的奇特的小"蝌蚪"。她早起晚睡，练发声，练歌唱，如醉如痴，达到了忘我的境界。

可是，人生无常，世事难料，没到两个月，意想不到的事情发生了。贞玉说话声音沙哑，又过一个星期，嗓子一点声都发不出了。她战战兢兢地来到一家医院，经检查，发现声带边缘长出两个小疖子。医生叹了口气，很惋惜地对她说：

"改行吧，不能再唱了。"

犹如当头棒，不啻晴天雷！多少年来孜孜以求的事业，难道就这样毁于一旦吗？一着急，贞玉只感到嗓子眼儿火辣辣的，更不能发音了，眼泪哗哗地涌了出来。她用颤抖的手拿起笔，在纸上写下：

"医生，我不能离开舞台，我要唱歌，你想办法救救我吧，求求你！"

医生被她酷爱艺术的精神感动了，勉强答应："试试吧。不过，你要配合好，两个月'噤声'，当'哑巴'，连晚上睡觉都不许说梦话，能做到吗？"

她使劲地点头，脸上流露出充满希望的神色。医生当即给她打了针，并在声带上滴了几滴药水，哪怕有一线希望，她也要配合医生做百分之百的努力。她就是争取能有一个唱歌的嗓子！

晚上，她望着窗外朦胧的月光，听着屋外呼啸的山风，辗转反侧，难以入睡。

"一个声乐演员，没有一副好嗓子，还怎么能唱歌呢？唱了又有谁听呢？这些浅显的道理无须多解释。改行吧，我们负责给你安排工作。"校领导无可奈何地对她这么说。

"贞玉，趁着年轻，早改得了！"小姐妹们投来同情的目光。

这几天，八面来风，吹得她无所适从。怎么办呢？听领导和同学们的话，改行？还是坚持治疗，争取重上舞台？路啊，路，到底应该选择哪条路呢？想当歌唱家的梦，真的是一场梦啊！

她想着在学校、工棚演唱时，那种热烈的场面。

歌声能够鼓舞人、教育人，我怎能不唱呢！她终于下了决心：不动摇，不彷徨，遵照医嘱，配合治疗，争取早日治好嗓子，再放声歌唱。

有天早晨，她从树林里出来，踏着晨光往回走。突然，她发现路边草丛里有只小鸟乱扑腾。这鸟的背羽发绿，下体黄褐，白色眼圈形如蛾眉，长得真漂亮。贞玉一眼认出是只被折断了半拉翅膀的小画眉。"多么可怜啊！"贞玉不由动了恻隐之心，把它带回宿舍，放在一个小笼子里养了起来。

平时，贞玉是个特别好动的姑娘，爱说爱笑爱唱歌，猛然要她变成一个"哑巴"，而且一"哑"就是两个月，确实是非常痛苦的。

学校组织文娱晚会，她只能在台下当观众，听别人唱，她的嗓子痒痒的，好难忍啊！那些小姐妹们，一个个都像百灵鸟，整天在一起嘻嘻哈哈、打打闹闹的。贞玉和她们在一起交谈，完全是用打手势或写字表示。有时遇到个顽皮的姑娘，有意摸她的胳肢窝逗笑，但贞玉一边躲闪一边打手势"抗议"，即使憋出了眼泪也一声不吭，这需要多么坚强的毅力！

每天，老师上乐理课，别的同学唱歌，贞玉就在一边看歌、想歌，学习方法虽然奇特，毕竟也能从中得到些许的慰藉。

漫长的两个月，就这样一天天熬了过来，贞玉却越发感到了恐慌：万一再发不出声，怎么办？她站在门前的树下，面对着鸟笼默默地流泪，是为自己，还是为小画眉呢？画眉本是一种喜斗善唱的鸟儿，不知怎么，两个月来养好了它受伤的翅膀，却从没听到它唱过一声。它是不是也用这种方法同情收养自己的主人呢？贞玉常拿它比自己，又拿自己去比它，越比越觉得和小画眉是"同病相怜"的一对儿。

上午，贞玉要去医院复查治疗，这会儿看着小画眉，突然产生一个念头：放了它！它虽然不能再唱歌了，但它应该和别的画眉一样，到一个可以自由翱翔的天地里去生活。她随手打开鸟笼，小画眉扑棱一下跳到树梢上，又回过头冲着贞玉"啾啾"叫了几声，然后就振翅飞远了。鸣声婉转，使贞玉情不自禁地鼓掌欢叫起来：

"小画眉，你又能唱歌哪！"

啊！贞玉惊呆了，真不敢相信这话是从自己嘴里说出来的！人在悲痛时哭，格外高兴时也哭。她哭着向医院跑去，要把喜讯报告医生，边跑边喊："我能唱歌了，能唱歌了！"

路上的行人见这情形，都停住步，吃惊地看着她，还以为她是个疯姑娘哩。

医生两个月来千方百计为她治疗，当今天亲耳听到她能够重新发声了，而且声带上的两个小疬子好得没有留下一点痕迹，却又感到惊讶。过去他曾治疗过不少同类病患者，但大多不能在长时间里进行痛苦的"噤声"，只得半途而废。他重新打量着贞玉，像是刚刚认识她，原来在她这么一副瘦弱的身躯里，却蕴藏着一颗有着如此坚强毅力的心！医生握住贞玉的手，用诗一般的语言称赞道：

"姑娘，你不愧是大山的女儿，镜泊湖的后代，绿林中的金达莱！祝贺你，祝贺你啊！"

"谢谢您！"贞玉不知道怎么感谢这位医生，她深深地鞠了一躬，"等我能够登台时，一定请您去听我唱的第一支歌！"梦，还是会变成现实的。

从此，她改名金曼。金，她不爱金玉的华贵，而爱金石的坚硬；曼，是柔美的，她渴望今后能够为人民唱出更多柔美的歌。

初夏，正是满山金达莱盛开的季节，金曼被推选参加全国少数民族文艺会演。几度耕耘，几度播种，今天能不能收获呢？她怀着忐忑不安的心情，第一次登上了五光十色、富丽堂皇的剧场大舞台，一连唱了四支歌。演唱吐字清晰，感情含蓄，韵味浓厚，娓娓动听，博得了广大观众和艺术家们的喜爱，她获得了优秀表演奖。"啊，也有人承认我了！"她怎么能不激动呢，辛勤的劳动有了喜人的收获啦！

此后，她便被调到空军政治部歌舞团，当了抒情女高音独唱演员，经常到工厂、农村、部队和边疆，为那些战斗在第一线的人们放声歌唱。中国国际广播电台、中央人民广播电台和北京人民广播电台，分别为她举办了音乐专题节目。她演唱了《金梭与银梭》《海之歌》《踏浪》《山间小径》《我们都爱美》等歌曲，逐渐成为广大观众和听众所熟悉的青年歌唱演员，受到音乐专家们的赞誉。

她从绿色的大森林走来，终于登上了首都的舞台，在身后留下了一行行深深的足迹。此刻，最能表达她心情的，不正是她最喜爱的《金达莱之歌》吗！

……

　　千里北国是我故乡

　　万顷林海伴我成长

　　装点春光更明媚

　　理想花开永不败

……

（载《天鹅》杂志 1986 年 7 月）

第 二 辑

海上抒怀

雾

晨雾迷迷蒙蒙，笼着海。客轮鸣着汽笛，驶入雾的黄海深处。船儿将海面犁开一道深的壑，船尾翻卷着、飞溅着碎玉般的浪花，宛若长长的银色巨龙摇首摆尾，在海上划出一道弧线。海鸥随船翻飞、追逐、嬉戏，倒也乐此不疲。

远远地，间或停泊着一艘一艘的客轮、货轮，在雾中，或像丘，或如山。泊船处，海面是那么的宁静，充满柔情，就像海妈妈敞开胸襟，让奔波辛劳了的船的儿子，酣睡在自己的怀抱中，还疼爱地给它遮上了轻纱帐。

渐渐地，太阳从海的遥远的那一边升起，跳动着、跳动着，可始终没有跳开雾的幔，只好做无力的喘息。

海上看雾，怅然若失；雾中看海，更加神秘。啊，此时此刻，我不禁要问：太阳哟，你有那无际的光焰，怎么会屈从于这海洋中的蒙蒙晨雾呢？

灯　　塔

傍晚，天阴沉沉，暮霭升腾。站立于后甲板，扶栏远眺，海面上渔火点点。最引人注目的，还是前方那座高高的灯塔。它孤零零地耸立于万顷波涛之中，哪怕寒冬酷暑，风吹雨打，海涛撞击，它都能忠于职守，给南来北往的船只指引航向。历史上，许多海难都是船只迷失方向所致。因而，漂洋过海的人谁也离不开它，每当从它身边经过，无不对它肃然起敬，无比景仰。

可是，当人们完成了艰险的海上航行，胜利地到达了彼岸，心中留下的是骄傲的自己，还是崇敬的灯塔？生活会这么回答：切忌忘乎所以。

彩　色　岸

船儿离开码头，开始在涌流湍急的海上航行。舱位少，我们裹着皮大衣躺在甲板上。海风直往脖子里钻，觉得凉飕飕。俄顷，云开雾散，天更高远，海更辽阔，阳光照在身上暖洋洋的。

　　侧目远看，水天相连，苍苍茫茫，一望无涯。在水天相连处，仿佛镶有一道雾状的花的光环，闪闪烁烁。船儿就在这光环中劈波斩浪，向前游弋。船上的高音喇叭播放着流行曲，在这孕育了人类的大海之中欣赏着流行的曲子，确实别有一番情致。优美的歌声和机器的隆隆声、海涛的哗哗声、海风的呜呜声，组成了雄浑、壮美的大海交响曲，令人振奋！

　　看着遥远的彩色的岸，我蓦地想到，人生旅途是辛劳的，倦累了，总想找一处憩歇之地。那岸，就有我对人生炽烈的情爱，有我对未来希望的火光，那也正是我幸福的绿色的港湾……

　　　　　　　　　　　（载《福州晚报》1985 年 8 月 16 日）

赶　　海

大海是诱人的。

常住海边的人，喜爱赶海；初次见到海的人，对赶海的兴致更浓。在北京，不见海，所以对赶海我是梦寐以求的。我来到素有古城、温泉、秀山、丽岛和大海之美誉的兴城，总想着赶海的事。同伴老王邀约我："明天有大潮，一起去赶海。"

"为啥明天有大潮?"我不懂。

"因为是农历初一嘛。"他答。

"为啥初一就一定涨大潮呢?"

"因为月球与地球的相互引力，错过机会就要等到十五了。"

"哦!"我虽然还不甚明白，但却已想到与大海有关的许多知识对我都是一个未知数。这样，我对赶海则由好奇变成了渴望，甚至迫不及待了。

晚上，我和同伴们商量，第二天起早赶海。从小在海边长大的老王摇头反对："早晨涨潮，没看头，等下午三四点钟开始落潮，咱们再去，那时候能够捡到许多海货。"我和另外两位旅伴被他说服了，大家也都想捡点海货。

翌日，下午两点半钟光景，我们几个人便整好行装，匆匆向海边奔去。见到海，我们好像都回到了童年时代，你推我搡，在礁石上跳来蹦去，不想停歇。海浪撞击岸礁，溅起两米多高的水柱，发出"轰轰"巨响，动人心魄。浪花打湿了鞋，溅湿了衣，可没谁想要躲避。老王笑着说："常在海边走，哪有不湿鞋，别怕！"

听人家说，海水既苦又咸。眼下，面对湛蓝蓝的海水，脚踏白花花的海浪，我突然想到自己为何不亲口尝尝它的滋味呢。于是，我弯腰掬一捧海水，咕咚一口落肚，咂咂嘴，只觉得有点咸，并没有体味出苦。接着，我又喝了一大口，慢慢地咽，细细地品，果然觉得不但是苦苦的，而且涩涩的，同时还有些许黏黏的。同伴们笑我傻，我却觉得乐滋滋，毕竟我对海水的味儿有了真情实感，这倒也是傻得值得哩。

在水中嬉戏一阵，我们便蹲在退潮的礁石上，用小铁铲和树枝在流水的石缝中敲击着，寻觅着海货。那椭圆形的黑色的海虹，那多角的紫色的海星，那浑身长刺的褐红色的刺果，那紧附在礁石上的壳硬肉鲜的海蛎子……这许多大海中的小生灵们，都是我初次才认识的。不一会儿，我们就捡了半袋子，足有好几斤。老王指着海货热心地向我解释："刺果用来烧汤；海星只能风干后观赏，吃不得；海蛎子肉嫩味鲜，生吃也别有风味。"说着，他拿着石块敲开一只海蛎子，用拇指甲一剜，就将壳内的肉挑出来，放进嘴里，吃得有滋有味……我也学着他的样子，吃了一只海蛎子。"真正的海味！就是有些腥气。"我乐了，同伴们也乐了。

晚霞泼向大海，我望着阔远的、波光潋滟的海面，坐在一块突兀的礁石上沉思，真是知识中的海洋，海洋般的知识，今天赶海仅仅见到大海，可远没有认识大海，我怀有一种不满足感。也许我永远不能认识它，可我要永远不停息地去认识它。啊，海！沉思的海，神秘的海，多情的海，富有的海，智慧的海！

有机会，我还要赶海的……

（载《福州晚报》1985 年 10 月 20 日）

86

松花湖拾贝

五 彩 鱼

久闻松花湖的五彩鱼，因其身有赤、橙、黄、绿、白五种色彩而得名。它的肉嫩味鲜，外表美丽，堪称松花湖的一绝。

6月初，我因公赴吉林，部队的一位文友陪我乘船游松花湖。上了船，刚进舱，船上的一位姑娘就把我们领进了一间休息室，她指着窗前的一只玻璃鱼缸说：

"松花湖的湖光山色是一奇，不可不看；而松花湖的五彩鱼是一绝，不看更是一大憾事。"

说真的，我对五彩鱼慕名已久，今日焉有不看之理？缸内四尾寸余长的五彩鱼，在明净的水中摇首摆尾，追逐嬉戏，阳光斜射在缸上，鱼身果然呈现出缤纷的色彩，使人赏心悦目。看着看着，我突然萌生了一个念头：带一尾五彩鱼回北京，让我的朋友们也开开眼界。

姑娘一听，嘻嘻地笑了："你能把松花湖一起带走吗？"

什么意思？我大惑不解了。也许姑娘常遇到我这一类的迷惑者，没等我往下刨根问底，便主动向我解释道：

"五彩鱼离不开松花湖，就像孩儿离不开娘。曾有人把它带到别处放养，起初发现鱼身上的彩色渐渐褪掉，过不多久便死去了。"

"什么原因？"我惊疑地发问。

"说不清楚。"姑娘忖了忖，脸上微露几分羞涩的红晕，说道，"它们大概有些像人的本性，故土难离吧。"

哦，这话多有意思啊！尽管姑娘的回答不一定符合五彩鱼生活的科学道理，但她毕竟道出了一个司空见惯的人类生活的常理：宁做故乡鬼，不做异乡人。这是否也可以谓之"故土难离"呢？

柞　　树

在松花湖的湖心有个五虎岛，从游船上远眺，小岛酷似空中坠落于湖面的一颗翡翠，在碧波荡漾的茫茫湖水中显得格外诱人。船刚靠岸，我们便争先恐后地登上小岛，这才看清，那一片绿，原是岛上枝繁叶茂的柞树林，连绵的树冠宛若湖面上骤起的绿色浪峰。大自然真是一位能工巧匠！

当我正陶醉于这一胜景时，迎面走来一位远方游客，手里提着一塑料袋子的泥土，兴致勃勃，好像获得了什么宝贝。经询问，才知道这是从柞树林里挖掘的腐殖质。他不辞辛劳，要把它带回深圳去落户。

深圳，距此遥遥数千里，他不带吉林的"三宝"——人参、鹿茸、乌拉草，却偏要带回这么一袋儿土，派何用场？出于职业的好奇心，对此总想问个明白。

原来，这种褐红色的腐殖质，是柞树叶落归根后，多年风吹雨打腐烂、发酵而成，它松软、肥沃，有良好的排水性，是栽培君子兰的上等肥料。

面对五虎岛上的柞树，我由衷地感叹道：人不是柞树，可又像柞树，叶落终究归根为好哇！

（载《福州晚报》1984 年 6 月 29 日）

89

冬泳达人

他喜欢笔，因为他是作家，爬格子写书，没有笔哪成；他喜欢水，因为他爱游泳，特别是喜爱冬泳。自打1971年冬季开始，十五个寒冬过去了，至今没有间断过。

生活是多彩的，可是，他的生活却显得单一，每天除了抽烟、喝几盅酒而外，进行体育锻炼似乎就成了他一个必不可少的内容了。清晨跑步、遛弯，上午下午打几盘乒乓球。说起打乒乓球来，他也真能玩命，不管对手是啥水平，他一个球都不愿输，输了就不服气，嘿嘿一乐："让你的。"他若赢了对方呢，也嘿嘿一乐："小菜一碟。"前些日，他玩球差点玩出命来，为了救一个无望也许有望的险球，他不顾自己五十五岁半的"大龄"，使出个鹞子翻身的高难动作，毕竟年岁不饶人哪，结果脚一打滑，侧身倒地摔了个结实，顿时感觉胸闷，不能说话，不能咳嗽，连打喷嚏也不敢使劲，吓得全家人不知如何是好，硬是中止体育活动一个多月。刚好点，他又在屁股后别了块拍子上阵了。搞创作的人常说，细节反映人的性格，不知道这个细节能不能反映出他的性格。

类似细节，在他的生活中多着哩，不是吹，我可以一抓一把。不信？那我就捎带再说两件小事。一件，打篮球。他个子高，打主力，有一回盯他的小伙子是个二愣子，瞅他投篮太凶，急眼了，狠劲冲撞一下，他立足未稳，崴了脚，弄得他拄了一百天拐，自此他相信了一句经验之谈：伤筋动骨一百天。那天，小伙子提着一网兜又大又红的香蕉苹果上门看他，表示歉意。他拍着对方的肩头，骂道："小子，有种，在战场上你准他妈能打胜仗。"说得小伙子脸一阵红一阵白。临走，他又摸出一瓶麦乳精递给小伙子："咱俩是不打不成交，拿着，就算交个朋友吧。"小伙子含着泪，嘿嘿一乐，走了。再一件，出差，他的旅行袋子里必备两样东西，一条游泳裤衩，一块乒乓球拍，他是见水就游，有案子就打。瞧他的瘾头有多大！

上述这些算不得啥，要说他冬泳的事才真有些邪乎。北京的冬季，人猫在屋里还得将火炉、暖气烧得热热的，尤其是三九天，气温一般在零下十几摄氏度。再遇上寒流，六七级大风刮得电线发出"呜呜"的哨声，马路上的行人，裹着鸭绒衣也得缩脖儿。就是像这种天气，他也坚持下八一湖游泳，从不间断。鹅毛般的大雪纷纷扬扬地飘落，遍地犹如铺上一层厚厚的银白绒毯。寒风吹皱一湖湛蓝湛蓝的水，他在岸边晃腰、踢腿、扩胸、甩臂，活动活动肢体，站到湖边捧起冰凉的水在胸前拍打着热热身，然后一个鱼跃纵身跳进了比体温低三十度以上的水中，游向彼岸，再游回此岸，每回都要游上它十至十五分钟。上岸后，手指和脚趾发麻，游泳裤脱下往地上一摔就是一个咔咔响的"冰甲"，头发也冻成了一挂一挂的"冰凌"。岸上，那些穿皮裹棉的围观者们见此情景，浑身情不自禁地打着战，摇头感叹道："嘿，这黑老头，真是'亡命徒'！"

有了兴致，偶尔游几次也许并不难，难的是始终如一，持之以恒。雨雪交加，寒风怒吼，他不忘游泳；创作紧张，家务繁忙，甚至逢年过节，他也不忘游泳。新春佳节，大年初一，他照旧踏着冰雪，在"哔哔剥剥"的爆竹声中，跳进了冰冷刺骨的湖水中畅游起来。既锻炼了身体，又庆祝了节日，他觉得这样过年，更有意思。

冬泳没有坚韧不拔的毅力，没有顽强拼搏的精神，是做不到的，尤其对他——一个步入了五十六岁之龄的摇笔杆子的"秀才"，就更不是一件易事了。

当初，他只是把跑步、打球、游泳，都看作业余生活的一种消遣和娱乐。可是，当他到了知天命之年，他便自觉地改变了认识，锻炼身体不仅只是消遣和娱乐，重要的是，运动可以保持青春和锐气。他觉得，人的生老是自然规律，任何人都无法抗拒，但延缓人的精神和肉体的衰老，则是可以做到的，而重要的手段就是运动。就在他做五十大寿的那一天，他挥毫写下六个大字"青春、朝气、锐气"，作为自己生活中恪守的信条。他常讲：人老，思想不能老，搞创作的人更是如此。因而，近些年来，他总是注意结交年轻朋友，年轻人很少保守，每每能从他们的身上学到许多新鲜的东西。有时，别人问他哪来那么充沛的精力，他会感慨颇深地回答：大概得益于冬泳吧。

是的，冬泳，常冻得手脚麻木，但他总是咬牙坚持，一天不游就觉得浑身痒痒，好像有啥大事情没办完似的，一旦游完之后，他顿觉神清气爽，全身舒畅。读书、创作特别有精气神儿，头脑清醒，记忆力增强。这么些年，他同医院无缘，从没有因病影响创作，相反，他却保持了一股旺盛的精力，写作，办班培养部队基层业余作者，给许多刚刚步入文坛的青年人看稿、改稿，仅到各地深入生活每年都差不多在三至八个月之间。谁能说，他有这么强健的体魄不和他冬泳有关呢？

冬泳，磨炼了他的拼搏精神。在水中，一浪赶一浪，后浪推前浪，稍有懈怠就会被别人抛得远远的。从游泳中，他悟出了一个道理：搞文学创作亦然，缺乏拼搏精神，不求进取，永远只能跟在别人的后边"游"。这，他不甘心。他立志拿出在水里冲刺的精神，进行创作的冲刺。去年，他以中篇小说《一棵相思树的高度》，获得解放军"昆仑文学奖"，今年，他的长篇小说《航迹》又将问世。他生活的底子很厚实，这是创作的优势。他充满信心地说，如不发生意外，手中的笔写到古稀之年是没问题的。当然，意外之事毕竟是意料之外，他有强健的身体，他有不甘落后的拼搏精神。当生活的积累被他调动起来后，有更多更好的作品问世，自属意料之中的事。当然，意外之事一旦真的降临，那也是没有办法的，唯一能够做到的事情，就是在意外到来之前，争取多做些什么，免得自己在身后留下"遗憾"二字，他说。

一天，在湖边，我问这位刚刚出水的"游泳达人"，到底游过多少地方。他略加思索，答案使我吃惊。"长江、黄河、澜沧江、镜泊湖、兴凯湖、松花江、鸭绿江、东海、北海、嫩江、湛江、乌苏里江、嘉陵江……"哎呀呀，恕我不恭，往后被我略去八九个江呀湖的。那么多的水中都留下过他的身影，今后他又会到何处去游呢？

94

没做回答。看那架势，祖国的江河湖泊，凡能游泳的地方，兴许他都会游一游的。他经常告诫年轻作者：一个作家，有条件的应当游遍祖国的山川，广积创作素材，"阅尽春色"方可"满腹经纶"啊。据悉，8月9日，他即随中国作家访问团去敦煌一游啦。我提醒他，此行可别忘了携带游泳裤衩、乒乓球拍呀。他一边用指头"嗒嗒"地弹着烟灰，一边微笑着回答："呵呵，多年养成的习惯，忘不了。"

说半天，此公何许人也？他，中国作家协会会员、北京市游泳俱乐部副主席、空军政治部文艺创作室专业作家，姓王名世阁。

（载《作家生活报》1986年11月23日）

香山赏红叶

久仰北京香山，更慕香山秋色。金秋十月，香山红叶正浓时，在我儿笑颜鼓动下，搭车来到香山。说是赏秋色，实为赏红叶。

站立山脚下，举首远眺，连绵山峦，群峰叠翠，薄薄的云，淡淡的雾，消消长长，沉沉浮浮，游来荡去，若隐若现。红叶于其间显露，一簇簇，一团团，云蒸霞蔚，好像是谁从天边扯来的彩缎飘落山中。沿山石小道登攀，山坡上落叶纷纷，铺积如毯；踏其上，几可没足。漫步红叶间，赏心悦目，能激发无穷热情。

山上山下，人头攒动，缕缕行行，挤挤挨挨。游人里，不乏老者，最多的要数孩童。那一条条随风飘拂的红领巾，与一片片红叶相映生辉，更显得孩童的可爱，更添了山野的烂漫。笑颜儿在路边拾得一片红叶，稚声稚气地向我喊叫："爸爸你看，爸爸你看！"那模样甚为得意。我看到儿子肉嘟嘟、白嫩嫩的小手举着红叶，像团火、似朵花，便引发了我的感慨：一个不满四岁的孩子，不采路旁粉的花、黄的果，却偏偏捡枚红叶儿，可见幼童也有自己的爱美之心哩，正可谓"爱美之心人皆有之"。

徜徉于林间小径，顿觉心旷神怡，我不禁涌溢诗情，吟哦起杜牧的千古佳句："停车坐爱枫林晚，霜叶红于二月花。"史载，观赏红叶已有二百多年的历史，每年到此时，红叶都将北京的秋色装点得格外妖娆，会引来不计其数的观赏者，像是赶庙会，热闹非凡。眼前，漫山遍野，人迹所至处，凡有一簇簇的红叶，必有一伙伙的游客。有情侣在红叶前拍照留影，尔后从地上挑拣几片落叶，小心翼翼地夹进绿皮本里，其细心胜似收藏家珍。目睹此景，我暗自思忖：他们带回红叶，是留作"到此一游"的纪念，还是以此作为爱情的信物？红叶，倒是曾有过甚美的传说。相传唐代一宫女，红叶题诗，放进溪中流淌，结果被宫外一秀才拾得，这秀才便也在红叶上题诗一首，也放入溪中，又被一宫女拾得。后有一秀才娶一宫女为妻，两人发现对方原本是红叶题诗之人。红叶倾注了爱恋之情，寄托着美好的憧憬，使有情人终成眷属。而今，斗转星移，沧桑巨变，已不是红叶传书的年代，青年男女不必再用红叶题诗的方法定终身了。文明时代，当有文明之法，自由恋爱、媒妁之言有之，婚姻介绍所、征婚广告亦有之，何必要用红叶传情呢？但红叶委实能表达人的美好之情、思念之意，且至今仍被视为吉祥如意的象征。

在"鬼见愁"处，我遇见一对美籍华侨夫妇。两位老人漂洋过海四十载，头一次省亲回到祖国，翌日即将乘飞机返回旧金山。仅剩下短暂的时间，老人辞谢了许多活动，却专程来到香山，一定要亲眼看看红叶。他们挽臂拄杖登山，汗流满面，游兴甚浓，还特意从树上采撷了几片叶儿，要带到大洋彼岸，说它能引起乡思。这一走不知道何日再归来，想念祖国、思念亲人时，看看它，就不会忘了自己的根。红叶上溢满游子情哪！

新建成的索道车，可把游客从山下送到山巅，又从山巅送回山下，方便多了，更为游客平添了乐趣。许多游人，乘坐索道车，在空中穿行，有如游龙戏凤，凌空腾飞，极目眺望，近处远处，高坡深壑，尽收眼底。红叶笼在紫雾之中，从眼前闪过，从脚下流去，似驾五彩祥云，飘飘拂拂，如入仙境一般；居高望远，俯瞰群山，真乃"一览众山小"，蔚为壮观，美丽极了，舒心极了！

落日时分，金黄紫红的晚霞泼洒到树上，林间的鲜花五彩斑斓，地面笼罩着一层红彤彤的反光，空气也被这玫瑰色的光焰照得通红，整个香山仿佛在燃烧。山路上，翠林间，游人往返如织。我牵着儿子的小手，站在幽静处，面对满山坡霞光辉映的红叶，不由得想：随着物质生活和精神生活的不断提高，人们已不满足于吃好穿好和逛公园、进剧场、坐在电视机前打发时光了；而怀着别样的情致，投身于大自然的怀抱，观赏美景，陶冶情操，强身健体，砥砺意志……虽是历史的沿袭，却又赋予了新的内涵，这不是衡量当代人精神文化生活的重要尺度吗？

这一天，兴游香山，饱览秋色。然余兴未尽，归来时，我又带回数片红叶，至今还夹在案头的书本里。书中收藏红叶，心头收藏秋色。

（载《工人日报》1986 年 1 月 5 日）

人 鸟 情

　　3月末，一日晚，下班回家，儿子见我，怯怯地说："爸，阳台上有两只小鸟，是同学送我的，让养吗?"

　　听了，我顿时怒火中烧，斥道："同学为什么要送你小鸟，没说谎?"

　　"没!"儿子的语气极坚定，"他妈妈说他不好好学习，不准他养了。"

　　听听，我这就更火了："人家养鸟怕影响学习，你就不怕? 立马给我送回，不学好!"

　　"我怎么啦?"儿子两只黑豆似的眼睛眨巴几下，下雨啦。

　　看到儿子流眼泪，我的心就发软，没再逼他，但我的脸色不好，样子一定很凶。突然间，我不知怎么的，担心起儿子小小年纪就开始"玩物丧志"，恨不得把它们一股脑儿扔出去!

"那、那我明天就给他送回去吧?"儿子抹着泪,还是怯怯地说。

来到阳台上,笼子里两只鸟儿欢蹦乱跳,像是庆贺自己没被驱逐出境。这是一对小鹦鹉,挺漂亮的,圆圆的头部,喙的上部长呈钩状,下喙短小,羽毛为黄、绿、白相间,十分惹人喜爱。见到这可爱的小生灵,我的气也就消掉许多。

第二天,麻麻亮,我正酣睡,两只小鹦鹉便开始叽叽喳喳地争鸣,吵得我拽被子蒙头找棉球塞耳朵,心越烦,声越大,愈加不能入睡。索性披衣起床,走上阳台,站在鸟笼前,看它俩正用坚硬的嘴巴相互厮啄对方的羽毛,似乎要一比高低。也许因我这不速之客的到来,显得惊恐万状,立刻休战,歪着脑袋,侧目以视,忽又满笼子飞扑,扇起一片片落羽在我眼前悠悠地飘舞。可气,又好玩。

日日凌晨,它们都照例醒来,照例闹腾。每逢此时,对面楼的阳台上,也有几只家养的鸟儿跟着啼鸣,听着这鸟儿们演奏的晨曲,仿佛别有了一番情趣。

此后,我不再向儿子提起将鹦鹉送回的事,反而主动地承担了每日换水、喂食的活计。上班前下班后,喜欢和它们戏耍一阵,有时还耐心地教它们简单的礼貌用语,诸如"您好""再见""欢迎欢迎"之类。天凉时,我翻箱倒柜，找出旧单子，缝成套儿将笼子罩住，怕它们冻着；天热时，我常给它们洗澡，要它们凉爽些；后来，又特地换了一个精致的鸟笼子，好让它们生活得更气派、舒适。可见，倾注了我的一片爱心。就连出差在外地，心里总也惦记着，每回往家里打电话，忘不了嘱咐几句要侍弄好鸟儿们的话。从感情上，我已经把这对宝贝鹦鹉，当成了家庭中的成员。

有一回，儿子笑着问："爸，我什么时候把小鹦鹉送回去？"

"去，你这小子！"我两眼一瞪，心想：这不拿老子寻开心吗？

前不久，我从南方出差归来，未顾及满面风尘一身疲倦，兴冲冲奔向阳台，想逗逗两只可爱的小鹦鹉，一别二十多天，怪想的。不料，笼子空空，不见了鹦鹉踪影，忙向儿子急吼："给同学送回去了？"

儿子嗫嚅道："是听你的话给它们洗澡，洗完澡忘了关上笼子门，它俩就偷偷飞走了，也许飞南方找你去了吧……"

都什么时候了，还有心跟老子幽默，我脖颈上的青筋暴跳，斥道："连小鸟都养不住，真没用！"

如今，再看不见小鹦鹉的厮啄，听不到它们争鸣了。每当我面对阳台上空空的鸟笼，心头上总有"人去楼空"之感，不由涌现出阵阵惆怅……

人的好恶，并不是一成不变的，我想。

（载《中国建材报》1993 年 9 月 21 日）

静远斋物语

表

"嚓、嚓、嚓……"

我轻声细语，昼夜奔波，不知疲倦。

有人祈求："你能多给我一点吗？"

有人呵斥："快走吧，别慢条斯理！"

我的回答："嚓、嚓、嚓……"公正无私，不偏不倚。

笔

人创造了我，使我日臻完善；我塑造着人，要人弃恶扬善。

我是历史的见证人，知识的拓荒者。我给愚者以智慧，给智者以警醒。

纸

容真善美，纳假丑恶；弘扬辉煌之历史，窝藏滔天之罪恶……无所不能。

可我原本是清清白白的呀！

尺　　子

尺有所短，寸有所长。

骄傲的尺子目空一切，量自己越看越长，量别人越看越短，谁都讨厌他。

聪明的尺子虚心好学，直线、曲线、平行线、垂直线样样精通，成了人人喜爱的画线专家。

"量好自己，再量别人！"有个声音对骄傲的尺子说。

闹　　钟

"铃——"急促的铃声把小明唤醒。

小明揉着惺忪的双眼，看着床头柜上的闹钟生气地说：“今天我休息，你闹什么！”说完又蒙头呼呼大睡。

第二天中午，小明醒来伸伸懒腰，看着闹钟的时针停在“3”字上，生气地问：“今天我要上班，你怎么不叫我？”

闹钟低着头，沉默不语。

小明猛然想起，昨晚忘记给闹钟上弦了，赶忙道歉：“对不起啦，是我的错！”

“嗒、嗒、嗒……”上好弦的闹钟不理睬小明，只顾走自己的路。

剪　刀

你始用于远古，你兴盛于当今。

你貌不惊人，却用途广泛：村妇用你剪窗花，裁缝用你剪布料，花匠用你剪枝叶，牧民用你剪羊毛，工人用你剪板材，小偷用你剪防盗窗条……你做过无数好事，人人都夸，也做过不少坏事，处处挨骂；好事与坏事，都发生在你张口闭口的一瞬间。

剪刀很自豪：别看我不起眼，可家家户户都离不开我。

剪刀也委屈：做好事干坏事，都是我的主人说了算，我是身不由己啊！

是呀，命运掌握在别人手上，下场就是这样。

1987 年 8 月 14 日一稿，2020 年 2 月 17 日修改

酒民话酒风

中国的确是酒的故乡。上溯到"圣德之君"的唐尧和虞舜，他们就颇有酒量，史书上有"尧舜千钟"之记载；夏末君王桀荒淫无度，"沉湎酒色"，鲁迅先生在《有趣的消息》一文中说到，关龙逢为夏桀的臣子，因谏桀做酒池被杀；商末之君纣，饮酒可逾七天七夜而不醉，他下令营造的酒池，大得可以撑船；十六国时前秦国君符生，"沉湎于酒，无复昼夜"，临被宰杀时，还不忘"饮数斗"，整个要酒不要命；南北朝时，陈国的后主陈叔宝，十足一个"醉生梦死"的典型，大臣章华上书，说他只知道醇酒妇人，君不明，国将亡，陈后主阅毕，竟判章华死罪，酒在这里，堪称罪魁祸首。

当代人饮酒，比之历史上的帝王将相来，毫不逊色。三国时的曹操，既好酒，又懂酿酒工艺，时至今日，在这位盖世英雄的故乡安徽亳州，酒民的队伍层出不穷，声势浩大，全市一百多万人口，十七岁以上的男性公民，不会饮酒者是寥寥无几。

近些年来，随着公共关系学的发展，以酒公关也就盛行了。于是，座谈会、研讨会、产品鉴定会、商品展销会、开业典礼会、信息发布会、纵向发展会、横向联谊会……这会那会，应运而生，如雨后春笋般涌现。许多人会前喜笑颜开，会后步履失态。更有那些"高阳酒徒"们，一天不喝难忍，两天不喝难熬，三天不喝难活。在茅台酒故乡贵州省丽水县，某个单位开了两天会，饭后泔水缸里的残酒剩菜，竟然把肥猪也给吃醉了，受害者不仅是人，还有猪。

笔者也是酒民队伍中的一员，量不算大，可以登登场，称得上一个"酒充子"吧。在酒桌上时常听到一些行酒令：

"感情深，一口闷；感情浅，抿一抿。"这就把对方逼上梁山，喝也得喝，不喝也得喝，否则会落下一个"感情浅"的骂名。

"半斤漱漱口，一斤算喝酒。斤半健步走，二斤扶墙头。喝了二斤半，墙倒我不倒。"英雄海量！说这话的人，多数正有八成醉，但确实有些量，连吓带唬，一般人等倒也真的不敢对阵。

"出门常在外，老婆有交代，少喝酒多吃菜，喝不下找人代，实在不行就耍赖。"这类酒令多为那些量不大，喜杯而不贪杯，同时又有些自知之明的酒民们，找点不喝的借口。

　　至于说到喝法，那就举不胜举。同姓酒、同乡酒、同交酒，相逢酒、团结酒、援助酒、上级酒、下级酒、获奖酒、受罚酒、接风酒、送行酒、高升酒、离职酒、悲酒、喜酒、快活酒、苦闷酒……名目繁多，花样翻新，轮番斟上，四面出击，八方包围，会喝得喝，不会喝也得喝，喝得直喘粗气，喝得不省人事，才作鸟兽散。如逢我国人民的传统节日，那更是了得，祖国大地，处处都飘溢着酒香，万民沉醉在一片酒意之中。正可谓：酒海横流，方显出英雄本色。

　　虽然诵着"葡萄美酒夜光杯"的名句，但若无节制，狂饮烂醉，有害健康，影响工作，造成家庭不睦，甚至导致社会犯罪，于自己于他人，有何益？这样的例子，比比皆是。

　　是的，因喝酒带来的尖锐问题就摆在我们的眼前：早在1988年，我国就获得了一个"世界之最"，白酒总产量达到五十亿公斤，远远超过以产酒著称的苏联，居世界领先地位。每年为酿酒而耗粮达一百二十五万公斤，相当于十亿人口一个月的口粮！

这到底是国优，还是国忧？

（载《中国建材报》1995 年 3 月 25 日）

周庄的魅力

光洁的石板路，古朴的建筑群，四面环水，依水成街，临水而居，舟楫往来，古宅水巷驳岸，小桥流水人家。雨后初霁，轻纱般的晨雾渐渐散去，冉冉升起的太阳在碧波荡漾的水面上洒满了金辉，街上的游人也开始喧闹起来……清晨，我乘坐旅游大巴从南京出发，一路风尘来到昆山周庄，开始了一日游。眼前所见正是六月天里周庄的景色，宛若一幅"烟雨江南"的山水画卷，美不胜收。

昆山，我早有耳闻，它是人类非物质文化遗产昆曲的发源地；周庄，我也知晓它是千年古镇，有"中国第一水乡"的美誉。位于苏州昆山的周庄，水陆通衢，5A景区，有独特的人文景观，是吴越地方文化瑰宝、江南历史文化名镇，被列为苏州、无锡、常州地区对外开放重点工业卫星镇，引进了来自日本、加拿大、新西兰、美国、澳大利亚等国和香港、台湾等地区的企业数十家。旅游景点有厅、桥、寺、馆、楼、居、堂等古迹，更有"八景十四桥"之名胜。今天，当我置身周庄，映入眼帘的却是别样风景——它比耳闻的真实，比想象的秀美，比纸上的精彩！我眼前的周庄，就是一部立体的彩色电影。当年张艺谋执导，巩俐、李保田、李雪健主演的电影《摇啊摇，摇到外婆桥》，就是在周庄梯之桥取景；无独有偶，摄影家陈复礼的名作《家家扶得醉人归》，也是在周庄太平桥拍摄。正如艺术大师吴冠中先生所言："黄山集中国山川之美，周庄集中国水乡之美。"

走进周庄，就是走进了历史；古镇周庄的历史遗存，随处可觅。相传九百多年前，这里名曰贞丰里，春秋战国时期是吴王少子摇和汉越摇君的封地。北宋元祐年间，信奉佛教的周迪功郎捐田二百亩为庙产，后人为纪念他，故将贞丰里改名为周庄。数百年来，历经战乱，饱经沧桑，周庄还是由原来的小镇发展成为颇具规模的商城。今天周庄的建筑多半仍保留着明清及民国时期的风格，既有规模宏大、气象非凡且繁复的官方建造，又有宅院、牌坊、祠堂、园林、戏台、庙宇、路亭、风雨桥等简约精巧的民间修建。周庄的先人图衣食之本、谋安居乐业，开阡陌、重农桑、躬耕不辍；用一砖一瓦、一木一石，建堂馆楼宇，修路桥河渠。历经千年风雨，代代相传，生生不息，终使一座古镇屹立于江南水乡，成为世人瞩目的历史遗存、风光优美的旅游胜地。

好奇心驱使，当我漫步在水巷边的石板路上时，被两岸依水而建的阁楼群深深地吸引着。沿岸的阁楼一排排一片片，乍看高矮不一，外观不整，像是随意而建，但若仔细揣摩，又有一种完全不同的视觉享受：白墙灰瓦，古意盎然；飞檐翘角，如燕凌空；开合有度，精巧灵动；散而不乱，错落有致。风格在张扬中内敛，或古朴大气，或富丽堂皇，内含着厚重的江南文化底蕴。许多阁楼的廊檐下悬挂着一串串红灯笼在风中轻轻摇曳，有的人家在窗棂和楼台上插着一面面小红旗，风吹哗哗作响，不时从阁楼悬窗里传出主人家一阵阵欢声笑语。街道上慕名前来观光的中外游人，行色匆匆，川流不息，不知道从哪里来，也不知道要到哪里去。在游人的视野里，周庄的水巷、楼阁、亭台、庙宇，甚至一块砖、一片瓦、一根梁、一扇窗，都像是有温度会说话的，既诉说周庄古老的历史，又展示周庄美好的未来，更彰显当下周庄人生活的甜美和温馨。

临来周庄前我就做过功课，周庄的美丽景点很多，最著名的有"八景十四桥"，受时间所限，不妨沿水路溯流而上游两座名桥，一是富安桥，一是双桥。我翻开随身携带的周庄旅游指南，按图索骥，先游中市街东端的富安桥，据说这也是周庄的桥中之首。我步履匆匆来到河边，跳上专为游客准备的农家小橹船，刚在船舱席上落座，船已摇离岸边。我扶着船舷任水花溅在手上，倒也感觉清凉惬意。两岸景色诱人，桂树、银杏、香樟下绿草茵茵，一丛丛鲜花开满枝头，引来蜂飞蝶舞，绿树繁花，姹紫嫣红。

船娘一声吆喝，小船靠岸。当我站在心仪已久的富安桥前，远眺近观，气势雄伟，精美绝伦，真是叹为观止。在东侧桥楼前等待照相的人排着长队，首尾不见，另有一群人围着导游姑娘向桥上缓缓挪动，我也跟了过去。导游是本地人，听她的介绍就是一种享受，标准江南普通话夹带着柔美的吴侬软语口音："大家上午好！欢迎大家来到古镇周庄，很高兴能给大家当导游，我是本地人，姓姜，大家叫我小姜好啦！游客们，现在我们来到了富安桥。富安桥始建于至正十五年，取名总管桥，后由富豪沈万三胞弟沈万四重建，改名为富安桥，寓意给百姓带来富贵和平安。有资料记载，富安桥，单孔拱桥，全长 17.4 米，跨度 6.6 米，宽 3.8 米，高度因水的涨落而定……"随着导游姑娘的讲解，我边听边看，边看边想。桥的用料十分考究，桥身用金山花岗岩精工而筑，桥栏、桥阶、桥块共五块，全用武康石。这种石料江南奇缺，全部采自浙江德清山崖间，石呈深赭色，石

115

面有肉眼很难发现的细小蜂眼，耐磨且防滑，是难得的石品。每一块武康石上都留下了能工巧匠的精美雕刻，图案吉庆祥瑞。

此刻，我站在桥中央放眼望去，桥的四角建有四座二层桥楼，临波拔起，遥遥相对。桥楼飞檐朱栏，黛瓦粉墙，雕梁画栋，古色古香。导游手指着我们近前的一座楼说："每座桥楼内都有茶室、餐馆、商店，游客既可以歇脚又可以赏景，要是有兴趣欢迎大家参观！"我观看着桥的全貌，深为先人奇妙的构思折服：桥牵着楼，楼护着桥，桥楼相拥，酷似五星连珠，珠联璧合，巧夺天工。这样的桥楼结构在古镇周庄堪称完美，在江南水乡也独占鳌头。传说在富安桥上来回走三遭，便会带来好运。古今听信者趋之若鹜，不乏社会贤士，亦有身份地位显赫的达官贵人。他们有没有求得好运无须考证，但有一点可以确信：这是一种心理暗示，引导人们心存善念、行走正道、向往光明。六百多年过去了，富安桥历尽风雨剥蚀、人踩马踏，又经战火洗礼、地震劫难，至今却傲然屹立，已经成为江南楼、桥建筑史上的一座丰碑，也是周庄人的幸运之桥、镇中之宝。

河面的风徐徐吹来，带有几分清凉。站在桥上往下看，美景尽收眼底。我手扶桥边的石柱，听导游姑娘娓娓道来，不禁浮想联翩：周庄，水网交错，溪流纵横，七成以上的人家临水建楼，择水而栖，橹船已成人们重要的交通工具，离开它真是举步维艰。据统计，周庄各样橹船约有五百多条，结成船队能浩浩荡荡绵延数十里，可谓奇观。到了晚上，夜幕降临，橹船点亮桅灯，闪闪烁烁的灯火流萤似的在溪水中穿行，和茫茫夜空里的繁星遥相辉映，恰如银河落水乡，周庄的夜色是多么迷人啊！"今天我就为大家介绍到这里，后面请游客们自己看吧，要注意安全，谢谢大家！"导游姑娘的吴侬软语，打断了我的遐想。这时，有人开始向桥楼拥去。我看着桥下川流而过波澜不惊的小河，清澈的河水哗哗流淌，有几条橹船轻轻摇来，像鱼儿摇头摆尾，咿呀咿呀的橹声从桥下穿过，又咿呀咿呀地摇向了远方。桥的两岸垂柳依依，柳荫下红男绿女们说笑声不绝于耳。岸边的石板路上，成群结队的游客像过年赶庙会一样热闹。面对这游人如织、笑语声声，古宅石径、水巷轻舟，莺啭芳林、柳绿花红，不禁引起我的联想：古镇周庄，你就是名副其实的"因水而生，因水而美，因水而兴"的东方威尼斯水城。

从富安桥上走下来，我径直来到河边码头，乘坐一条能够遮阳的乌篷船继续溯流而上，游双桥。轻舟踏浪，俄顷抵达，当我站在岸边香樟树的浓荫下，全景式地远望着河面上的双桥，顿时觉得眼前一亮。顾名思义，双桥其实是两座桥，一座名世德桥，一座名永安桥，建于明万历年间，位于周庄镇中心。双桥修建在横竖两条河流的"T"字形交汇处，一座桥横跨南北，一座桥竖卧东西，一座桥孔为圆，一座桥孔为方，因而有人戏言道：三步得两桥，一圆又一方。在两座桥相会的转角处建有一个古式桥亭，非常巧妙地把两座桥连接起来，很像一把古人用的钥匙，故此又被当地人称为"钥匙桥"。虽说双桥没有富安桥壮观，却至今蕴藏着一种无解的密语：难道周庄先民在造桥时已经想到用"天圆地方，阴阳平衡"的辩证思想庇佑着子孙吗？四百多年来，双桥没有湮没在历史烟云之中，而是像同一个生命体牵手相伴，义结金兰，安卧溪水上，无语向青天，风雨同渡舟，日月伴人间，既是先民造桥智慧的结晶，又给后人留下无以言表的美丽遐想，令人惊叹。

1982 年 8 月的一天，上海旅美画家陈逸飞第一次坐小船和朋友一起来到周庄，当一个弥漫着古风古韵又诗情画意的周庄出现在眼前时，令陈逸飞怦然心动，兴奋不已。他包租了一条小船，每天挎着相机在水巷游弋，几乎跑遍周庄的每一个角落，选取拍摄周庄最具特色的景物，为创作积累素材。在他看到双桥后，情有独钟，一下唤起对童年的回忆，灵感和冲动油然而生。在一周时间里，陈逸飞用来拍照的柯达胶卷就装满了一个旅行袋。"周庄是不可多得的财富，站在周庄的任何一个角度看，都是美的！"这是陈逸飞游览周庄后的肺腑之言。陈逸飞把生活中汲取的激情与灵感凝于笔端，经过两个月的潜心创作，终于在同年10月完成了油画《故乡的回忆——双桥》，连同其他三十七幅作品在美国哈默画廊展出，引起轰动。美国《艺术新闻》杂志载文，肯定陈逸飞是"一个浪漫的写实主义者，作品流露出强烈的怀旧气息，弥漫其中的沉静与寂静氛围尤其动人"。美国石油大亨、艺术品收藏家、画廊主人阿曼德·哈默先生撰文评价陈逸飞，"他的画是接近诗的，因为他只在指示而非肯定"，并且花重金买下了《故乡的回忆——双桥》，在1984年访问中国时，将这幅画送给了邓小平同志，使这幅在大洋彼岸轰动的画，同样轰动了中国。转年，在用这幅画制作的首日封上，联合国也加盖了公章，最终使它登上了世界级的殿堂。古镇周庄由此声名远播，走向了世界，每年从世界各地来旅游参观的人络绎不绝，正如周庄老镇长庄春地说的那样："是陈逸飞的双桥油画成全了当年的周庄，他用他的笔、他的画把周庄推介出去，为周庄带来了游客，让老百姓过上了想都不曾想过的好日子！"是啊，双桥是有灵性的，有灵性的双桥不食人间烟火而超凡脱俗，没有生命律动又生机无限，向来沉默无语却每每与子民对话，经数百年风雨磨砺，它坚守在岁月的长河中向一代又一代人讲述着历史与文化、前世与今生；双桥是神奇的，神奇的双桥真是一把"芝麻开门"的钥匙，开启了周庄与世界交往的大门，带给周庄的定然是一个又一个骄人的惊喜。

如今，油画——双桥——周庄，三者之间真像有一条情感和命运的红丝带，把画家陈逸飞与古镇周庄紧密地连在一起。来周庄，必游双桥，游双桥，必念逸飞，就连周庄的门票上，也是以陈逸飞画的双桥为代表性符号。随着路牌的指引，我踏着青砖小路走进了"陈逸飞纪念馆"，又称"逸飞之家"。即便陈逸飞逝世已经十多年了，可周庄人对他的感情依旧，仍在用自己特殊的方式怀念他。"周庄是我的第二故乡！"这是陈逸飞说过的心里话。周庄人早已把他当成了"荣誉居民"，纪念馆就是送给逸飞的一个家。这里是位于双桥桥畔的一处宽敞院落，古朴、简洁、幽静。偌大庭院的地面是一色青砖铺设，和白墙灰瓦的纪念馆楼舍浑然一体，突显了明清老屋的设计精巧和典雅大气。院内石砌的花池中有枝繁叶茂的桂树、四季常青的棕榈和千年名花紫丁香。室内摆放着盆栽，有幽香清远的兰草等格调高雅的绿植和淡香素馨的花卉。呈现我眼前的这一切都在映衬着主人儒雅、飘逸、豪放、柔情的气质与内涵。纪念馆一楼是展厅，展柜里摆放着陈逸飞工作、学习和生活的部分用

120

品，墙上悬挂着陈逸飞多年呕心沥血的画作，高处是亲笔书写的四个大字"我爱周庄"，笔力遒劲，饱满大气，字字如珠玑，凝聚着陈逸飞对周庄的一往情深。二楼为工作室，是陈逸飞创作和会见友人的场所。天有不测风云，人有旦夕祸福。建馆至今，陈逸飞也没能到这里工作或会友，但在室内仍摆放着画案、桌椅、茶具等物，配以柔和的灯光，显得简洁、明亮、温暖，充满高雅的艺术氛围。这一切都在告诉人们：陈逸飞没有离开双桥，陈逸飞还在周庄。

走出纪念馆，我驻足于门前"逸飞之家"石碑旁，仔细端详着陈逸飞半身铜像。阳光照耀着他微侧的脸庞，使得一双深邃的眼睛更显明亮。他眺望远方的神态像是在关注周庄的今天和未来；他微启的双唇又像正在和游人喁喁细语：

"周庄任何一个角度看，都是美的！

"周庄是我的第二故乡！

"我爱周庄！"

……

正午水乡的阳光，感觉不到丝毫的温柔。许多游人走向廊檐、树冠下的阴凉处小憩。我颇有兴致，不顾热浪拂面开始漫游，踏着光滑的石板路，穿大街、过小巷、逛商店，优哉游哉！当我走到一条巷口，抬头见砖墙上钉有一块木牌，上写"别有洞天"，我有些好奇，索性到此一游。走进巷道不远处，果真是别有洞天，一个面积不大的休闲公园，园子里有几株挺拔的香樟和苍翠的雪松，有一座太湖石堆叠的假山和喷泉，池内盆栽的睡莲叶片优美，花朵清雅动人，莲叶上滚动的水滴珍珠一般晶莹，莲下有鱼儿三五成群游来游去，吸引着众人前来观赏。假山旁的紫藤、葡萄架下，有两位老者在全神贯注下着象棋残局，楚河汉界，排兵布阵，引来十余人围观。令我惊讶的是，这么多的看客，只观战，不帮腔，鸦雀无声，这和许多地方观棋者大喊大叫，甚至动手支着儿形成鲜明对照，我想这大概就是民风，是素养。旁边一张牌桌有几个年轻人在玩"斗地主"，输者在鼻尖上粘了张小纸条，风吹哗哗抖动，引来哈哈笑声。园子西侧有一条红柱绿瓦的长廊，檐上布满了彩画，被一排茂密的翠竹掩映着，不由让我想起宋代诗人王之道的水调歌头："暑雨湿修竹，凉吹入高檐。"东侧有一座六角凉亭，围坐了几位阿婆手摇蒲扇，同声哼唱着江南小调："拔根芦柴花……"听起来实不可与代表传唱人雪飞相提并论，但在周庄能听到此曲我依然觉得余音绕梁，好的歌是会经久传唱的。这里真是别有洞天，让我目睹了周庄人的闲静，也领略了周庄人的雅致。

快到午饭时辰，公园里的人三三两两散去。我的肚子也饿得咕咕作响，便匆匆来到水巷一家叫"江南春"的饭馆，一座二层的小阁楼，木制门栅，庭院绿树成荫，小桥流水淙淙，环境很是幽雅。站在门口的迎宾姑娘把我领进了店内。

"欢迎光临!"一位女士笑盈盈迎上来，细声问，"先生，您是几位? 楼上有雅间。"

"不用，就我一人。"我说话间找了张小方桌落座，接过女士递来的菜单，点了一壶西湖龙井、一盘农家小炒、一条松鼠鳜鱼和一碗米饭。

"先生，要不要喝点本店自酿的米酒? 不醉人的，解乏。"女士和颜悦色地向我征问。

对酒我有持久的爱好，朋友也这么说。不过下午打算留点时间乘船再游水巷，还是不喝为佳："谢谢啊!"

"听您的。"女士微笑着接过菜单去了后厨。

刚才领我进门的小姑娘悄声说："她是我们的老板娘。"

"哦?"说真的，我没料到她是老板娘，还以为是待客热情的领班。

趁等待上菜的工夫，我主动和返回的老板娘攀谈起来。她看上去四十岁出头，秀发披肩，举止优雅，说起话来柔声细语，面带微笑。她说自己从外地嫁到周庄快二十年，眼睁睁着周庄的变化太大，有时候都觉得不敢认了。她面含羞涩说自己能成为周庄的媳妇，很开心。言由心生，我相信老板娘这一番话，绝对是她耳濡目染、亲身经历的真情表达。当我问起她店里的生意，老板娘似乎有聊不完的话题，直言不讳说自己的店开业十几年了，生意一直挺红火，每天晚上客人爆满。她从周庄先辈"君子爱财，取之有道"的儒家经商精神，讲到今天周庄商户"不欺不诈，和气生财"的经营理念，轻声细语，娓娓道来，如数家珍，听得我不停地点头微笑，很少有插话的机会。坐在我眼前的老板娘分明是一个声如燕语、贤淑端庄、聪慧温雅的江南女子。在短暂的交谈中，我得知近些年淳朴善良、精明能干的周庄人仅开发的旅游业，就为上千户人家带来莫大的实惠，衣、食、住、行、游，像一根链条上的齿轮把大家连接在一起，齐心协力共同向前发展。特别是陈逸飞先生的《双桥》画，使周庄在世界扬名，招来了人，引来了钱，如今已经成为商贾云集地、江南富贵乡。

说话间，我点的菜送到，老板娘又特意赠我一碟店家秘制的什锦小菜。看到这些美食，我的肚子又咕咕响了，顾不得斯文，我狼吞虎咽，一扫而光，二十分钟就打扫完战场。吃相不雅，却很开心，感觉就是一餐精致可口的美味佳肴：农家小炒微酸甜辣，松鼠鳜鱼焦嫩咸香、酸甜适度，西湖龙井色翠甘洌，水乡的米饭糯里带香，口感极佳，连老板娘送的什锦小菜也是咸甜微辛、香脆爽口，而价格又非常大众，相加（赠品未计）不足百元。我这个京城来客还是品尝过一些美味的，今天对店家也得刮目相看，"江南春"经营有方，没有浪得虚名。虽然对它的了解囿于浮光掠影，可也让我有所感悟：从周庄先人"取之有道"的经商精神，到周庄今人"不欺不诈"的经商理念，承前启后，薪火相传，一脉相通，后继有人。

顺着老板娘手指的方向，我穿过一条弯曲幽深的小巷来到河边码头。正巧有条坐了游客的橹船像要离岸，我赶紧迈步上船，刚坐定，船娘一声喊："开船喽——"橹船像是跳广场舞的大妈轻摇轻摆着向前划去，在波光粼粼的水面上悠悠而行。我坐在船头，面对清澈见底的溪流，目睹岸上如诗如画的风光，不由突发奇想：周庄，你虽然没有现代化都市里摩天大楼的雄奇与伟岸，你却用自身的魅力证实了唐代诗人、大文豪刘禹锡在《陋室铭》里留下的千古绝唱：

"山不在高，有仙则名；水不在深，有龙则灵。"

2020 年 3 月 16 日于静远斋

第 三 辑

水 妹 子

传说在很古很古的时候，地球上只有两个人，一个是男的，一个是女的。男的名叫氢气，身体长得像"H"形，走起路来轻巧极啦，没有风的帮忙，也能飘行到遥远的地方。女的叫氧气，身体长得像"O"形，走起路来步履蹒跚，十分艰难，这是因为她体格弱小，比氢气小一半，而体重却比氢气大八倍还多哩。

有一天，氢气在空中飘游闲荡，碰巧遇见了氧气。他俩平生谁也没遇见过外人，这次两人相见，无比兴奋，心儿激烈地跳动起来。两人互报了姓名之后，氢气红着脸蛋儿试探地问道：

"嘿嘿！氧气啊，你我都很孤寂，干脆咱俩在一起生活吧？"

氧气听了，低着头羞怯地回答："嘻嘻，氢气呀，你的话说到我心眼里来了，就照你说的办吧。"

于是，氢气和氧气就这样结合在一起了。没过多久，大气温度下降，他俩生下了一个女儿——H_2O，长得既像父亲又像母亲，可爱极了。爸爸妈妈给她取了个非常好听的名字，叫水妹子。

水妹子生性活泼，自出生起，就到处跑啊跑，山南海北，天上地下，哪儿都想去看看。她一边跑一边唱着稀奇的歌："哗啦啦！哗啦啦！"

冬天到了，气温下降了，一直降到零度以下。水妹子浑身发冷，她想去找太阳公公借点热暖暖身子，可是离太阳公公太远，行至半路作罢。就在这时，水妹子不知不觉地发现自己的身体变了样儿，变成了十分美丽的雪花，纷纷扬扬地飘落在地球妈妈的胸脯上，覆盖了万物，使大片山河变成了银白色。水妹子高兴地喊起来："啊！我变啦，变得多好玩呀！"

过了些日子，太阳公公来到近前，气温逐渐回升了。水妹子感到周身暖洋洋的，便活动了一下身体，这时她浑身潮湿酥软起来，于是惊叫："嗬！我又要变啦，这多有意思啊！"

话音一落，她就化作云雾，升腾到高空。在冷风的吹送下，她东游西荡，身子越来越沉，变作雨滴，洒落在大地上，四处奔流，汇成了江河湖海。世界各地都有她的家，整个地球表面百分之七十一的地方都属于她的住所。因此，她骄傲地欢唱："哗啦啦！哗啦啦！"

水妹子哪里知道，她用自己身体汇成的汪洋大海，正在发生着神奇的变化：里面出现了蛋白质、生命体和数不尽的生灵。水妹子看着他们，暗自吃惊：怎么他们都从我体内发迹呢，这究竟是怎么回事？

也不知道经过了多少漫长的岁月，水妹子突然看到许许多多从没见过面的客人，在大地上辛勤劳作。她感到十分新奇。有一次，她从一座山岗经过，又看到一位扛着猎物在行走的客人。她走上前好奇地问："你，你是什么呀？"

客人哈哈大笑："水妹子，我是打猎的人啊，你不认识吗？"

"人？人是哪儿来的呢？"水妹子一点也不明白，紧紧地追问。

猎人沉吟片刻，亲切地回答："听我们的祖先说，过去地球上没有人，后来是你汇成了大海，大海滋生出生物，生物登上陆地，才逐渐进化、演变成了植物、动物和人类。水妹子，这还是你的功劳呢！"

"明白了，我培育了生命，我繁衍了人类！"水妹子欣喜若狂地奔下山岗，一路上留下了自豪的歌，"哗啦啦！哗啦啦！"

唱呀唱，跑呀跑。水妹子无论走到哪里，都受到热烈的欢迎，亲切的赞美。她来到了一望无垠的田野，那烈日下将要枯萎的禾苗又挺起了腰，脸上挂满了晶莹的泪珠，深情地说："水妹子，是你救了我们的生命，感谢你啊！"

"不用谢，这是我应该做的。"水妹子同禾苗握手告别，又唱起了欣喜的歌，"哗啦啦！哗啦啦！"

穿过田野，绕过山岗，水妹子跳进了大河。河湾里，一只满载货物的帆船，愁眉苦脸地躺在沙滩上，一动也不能动。水妹子来到帆船身边，说："帆船大哥，你好！"

帆船大哥叹了口气："好什么呀！水妹子，没有你的帮忙，我只能瘫在这里，寸步难行啊！"

"帆船大哥，你别着急，我来了！"水妹子说完，翻腾奔涌，不一会儿工夫，笨重的帆船就被轻轻地浮起来了。

帆船终于又能乘风破浪，扬帆远航了："水妹子，我可得好好谢谢你啦！"

"不用谢，这是我的职责。"水妹子一直护送帆船到了目的地。等船靠了码头，她才唱着激昂的歌离开："哗啦啦！哗啦啦！"

"水妹子，你来得正好，我们这儿是多么需要你啊！"水电站大叔老远就向水妹子招呼，表示欢迎。

"水电站大叔,我知道你等着我来发电,我怎能不来呢!"水妹子说着,就以势不可当的气概,从上到下猛冲到带动发电机运转的涡轮叶片上,使发电机隆隆飞转起来,发出光照人间、造福人类的电力……

"真了不起,水妹子!"电站大叔一边工作一边夸赞,"你是世界上最经济、最洁净的能源,煤炭、石油等都远远比不了你呀!"

"大叔,您过奖了。再见吧!"水妹子回转身,刚要离去,电站大叔急忙说:

"不能走,水妹子!你要是一走开,我就没法工作了。"

"您不用担心,大叔,"水妹子笑了笑,解释道,"我会'分身法',留下一部分帮助您发电,另一部分还要到远处干别的事情去呢。"说着,她一个涡旋便分成了两股涌流,一股冲向电站,一股流向远方,口里又唱起了神秘的歌,"哗啦啦!哗啦啦!"

正当水妹子在大河中游玩,尽情观赏两岸绮丽风光时,突然有一股巨大的力量吸卷着她钻进一根长长的铁管里,接着来到一个高大的储水罐,在这又黑又闷的地方停留了一会儿,她发觉自己被一股力量推动着来到了人造纤维厂。工人们见到她,都兴奋地鼓掌欢迎:"你好啊,水妹子,我们正等着你哩。"

"是吗，等我有什么事呢?"水妹子着实不大清楚，随口问大家。

工人们回答:"嘿，事可大啦! 你想，我们要造出一吨纤维，得用上你一千吨才行呢。所以……"

"能协助你们造纤维? 这太好了。"水妹子说着，也顾不得休息一下，就和工人们一起忙碌起来。

在"哗啦啦! 哗啦啦!"的欢歌声中，水妹子又来到了炼钢厂。

炼钢工人摘下望火镜，擦着脸上的汗水对她说:"水妹子，我们产一吨钢，就要用你两百吨，多谢你帮忙啦!"

水妹子谦虚地摆摆手，站在高大的炼钢炉旁，眼望四射的钢花，火红的钢水，想到自己在为炼钢出力，喜笑的酒窝挂在脸上。

离炼钢厂不远处有一座轧钢厂，那里的技术员大声呼唤:"喂! 水妹子，快到这儿来大显一下你的身手吧!"

"好吧!"水妹子应声顺着管道来到厂房里的万吨水压机中，用她雪白的手臂，像揉面团一样把钢锭揉成各式各样的形状。

技术员啧啧称赞:"啊哟! 水妹子，你的劲儿可真大呀!"

"哦,这算不上什么。"转眼间,水妹子来到另一座厂房,见到高压泵和喷枪,兴致勃勃地说,"请二位帮个忙吧!"

"好的。"高压泵和喷枪说着张开了口。水妹子立刻从他们口中以每秒千米的速度喷射出来,硬是把金属和非金属材料切割成短条、碎块,甚是利落、快当。一旁观看的人个个惊叹不已。

水妹子的名气越来越大,一传十,十传百,终于传到了电子专家的耳朵里。这一天,水妹子刚为一个中暑的人治好了病,就被邀请到一所实验室里,参加攻克电子技术难关的战斗。她作为"射流技术专家",和计算机与机器人结伴,同电子元件密切配合,通过一股股射流传递信号,测量数据,进行逻辑推理和运算,对模拟进行放大……

人们看了水妹子这有条不紊、精确无误的绝妙表演,都异口同声地赞不绝口:"祝贺你呀水妹子!感谢你呀水妹子!你不仅培育了一切生命,又无私无畏地把聪明智慧献身于人类的美好事业。你,真正的英雄,最美的人!"

听了这一席话,水妹子抑制不住激动的心情,一边向大家致意，一边奔远方而去。她一路上留下的，还是那支奋斗的歌：

"哗啦啦！哗啦啦！"

（载《文学少年》1981 年 4 月）

艳艳比美

　　小孔雀艳艳来到了动物园。星期天早晨，艳艳起床后，赶紧在屋里梳妆打扮了一番，连饭都没吃就跑到邻居家去玩。他的邻居可多呢！有麻雀、啄木鸟、喜鹊、鹩哥，还有柳莺和小苇鳽，他们都住在飞禽馆里，大家生活得和睦幸福。

　　艳艳一进门，就把美丽夺目、五彩缤纷的花裙子展开，在大家面前走来走去。邻居们见了漂亮的新伙伴，都高兴地飞呀、跳呀，向他问候。艳艳听到一片赞美声，便飘飘然起来。这时他东瞅瞅，西看看，见邻居们的衣服尽是些灰的、黑的、白的、绿的，唯独不见花的，便越发神气十足，目中无人了。他自言自语地说："喊！看你们一个个穿得有多难看，哪能跟我比美，嘻嘻嘻！"

　　没料到，艳艳的话被麻雀听见了。麻雀飞到艳艳面前，气呼呼地对艳艳说："你这漂亮的上衣、华丽的裙子只能供人欣赏；而我们的衣裳虽然土气，可都有着重要的作用呢！"

"不，你是看我穿得美，心里嫉妒才这么说的吧？"艳艳不服气，指着自个儿的前肢说，"看！我的衣服多鲜艳，你那灰不溜秋的，难看死了！"

麻雀说："你看我穿的衣服叫飞羽，虽然不好看，可没有它我就寸步难行啊！"

小艳艳莫名其妙地问："你不是在天上飞用翅膀，在地上跳靠双腿吗？那飞羽是能飞还是会跳？"

麻雀答道："你仔细看看，当我展开双翅时，飞羽和尾羽的面积比躯干还大，承受空气的浮力也大。有了它，我才能飞得又高又快。"说着他就特意在空中飞了两圈。

艳艳看了觉得怪新鲜，伸展脖子喊道："麻雀哥！别的飞鸟兄弟也和你一样吗？"

"都是一个样……"麻雀越飞越远了。

艳艳正在纳闷，忽然听到"笃笃！笃笃笃！"的声音。他转身一看，原来是"森林医生"啄木鸟用尖硬的嘴巴在树干上查找虫窝。

"啄木鸟叔叔，你好！"

啄木鸟看到是艳艳，打趣地说："你好！小家伙，找我看病吗？"

"不，我才不看病呢！"艳艳边说边把花裙子抖开，美滋滋地说，"啄木鸟叔叔，你穿的裙子那么短，一点也不好看。"

啄木鸟听了哈哈大笑起来："我可不穿裙子。告诉你，这叫尾羽，别看它丑，用处大着哩！我飞行时全靠它掌握方向，就好比飞机的舵，不然我只能乱撞瞎飞了。另外它还有顶要紧的作用。"说着，啄木鸟就"笃笃笃"地啄起虫子来了。

小艳艳看到啄木鸟用尾羽支撑在树干上，啄虫的时候，尾羽像弹簧似的，艳艳高兴地叫道："我懂了，尾羽撑着树能增加啄虫的力量，对吗，医生叔叔？"

"聪明的孩子！"啄木鸟点了点头，又飞到另一棵树上捉虫子去了。

这时，小艳艳肚子饿了，正打算回家吃饭，恰巧喜鹊大姐打竹林里飞来。爱美的艳艳见她的外衣只有黑白两色，实在太单调了，就走到她跟前，故意梳理着自己耀眼的花外衣。细心的喜鹊看出了小孔雀的用意，毫不客气地说："小弟弟，你喜欢花花绿绿好看，我可喜欢朴朴实实有用。我的外衣叫复羽，它能盖住我的躯干，使我飞行时成为流线型，又省劲，又飞得快，而且能保护身体不受外界伤害。"

"真的吗？"艳艳过去不知道这些，于是问道，"其

139

他鸟的复羽，也有这种作用吗？"

"我所见到的鸟儿都一样。"

艳艳听了仍然不甘心。他想：麻雀大哥说他的飞羽有助于飞行；啄木鸟叔叔说他的尾羽能掌握飞行方向，又能帮助他捉害虫；喜鹊大姐也说她的复羽有许多用处。哼！我艳艳再拿出个绝招，非得把邻居们都比输不可！想到这里，他用嘴巴叼了复羽上面的一撮绒羽，撒在喜鹊面前说："看！比银子白，比蚕丝细，比棉花轻，珍贵的白绒衬衣。喜鹊姐姐你有吗？"

喜鹊没答话，也从自己身上啄了一口，撒在艳艳面前："这是什么，艳艳？"

"看，我也有！"鹩哥来了。

"瞧，我的！"黄鹂来了。

"稀罕啥！我也有！"雪鹗说。

不一会儿，邻居们都来了，将艳艳团团围了起来，都争着和他比美。艳艳羞得满脸通红，也不知怎么办才好，着急得快流泪了。那副窘态，惹得大伙儿哈哈笑个不停。

到底是喜鹊老大姐给艳艳解了围，要大家不许取笑孔雀小朋友。她对艳艳说："你说说看，这白绒衣有啥用？"

"好看呗！"

"不光为了好看，"喜鹊摇摇头，说，"它叫绒羽，它像人的棉衣、毛衣一样，可以保温御寒，不然要冻生病的。尤其在冬天，我们在高空飞行，天气是很冷的，没有这件绒羽做衬衣，咱们怎么觅食、玩耍呢？"

这时候艳艳沉思了片刻，恍然大悟说："哦！姐姐说得对，我懂了。"

这半天，艳艳肚子饿得咕咕直叫，眼皮也打架，真想打个盹儿。正要回屋，忽然听到绿树丛中喊叫："小艳艳，美不够，哈哈哈！"

艳艳找了半天不见是谁："你是谁呀，真讨厌！"

"哈哈！我是柳莺，你找吧！"

艳艳问："你在哪儿呀？"

"远在天边，近在眼前。哈哈哈！"

"我在这儿呢，艳艳！"突然又传来一种声音。

"你是谁？"

"我是小苇鸦，听不出来吗？你找吧，远在天边，近在眼前！"

找了好长时间，艳艳也没看到柳莺和小苇鸦的影子。蓦地，两个小淘气，一个打绿树丛中飞来，一个从芦苇丛里飞来，一起落在艳艳面前。艳艳一看就明白了，笑着说："哟！一个穿绿色衣裳，一个穿褐色衣裳，难怪我找不到你们。"

柳莺友好地说："我的衣裳不如你的好看，但敌人来了，我往树丛里一藏，他就别想抓到我。"

苇鹀说："美不美不能光看外表，还要看有没有用处。再说，所有的鸟都穿像你一样的花衣裳，还有什么美不美呢？艳艳你说对吗？"

艳艳经过邻居们的帮助，终于认识到自己到处跟人家比美，却不知道人家的长处，显得太幼稚无知了，心里很是惭愧。想到这些，也不知道说什么好了，便默默低下了头。

从此以后，艳艳再不唯我独尊，自我欣赏了，而且和邻居们相处得很融洽，很友好。

（载《科学之友》1980 年 12 月）

蜘蛛大哥交朋友

蜘蛛造武器

太阳公公刚露出半边红脸儿，稻田里的蚜虫就醒来了。沉睡了一夜，他这会儿觉得肚子饿得慌，想去找点儿好吃的东西。

蚜虫跟往常一样，顺着一株稻秆儿往上爬，当他攀上刚绽开花的稻穗，准备吸吮新穗中的营养时，猛然听到背后传来"沙沙"声。他转身一看，不远的地方，蜘蛛大哥正从腹部后头的"纺织器"中，喷出一根比头发丝还细的白亮亮的蛛丝，像个纺织娘，忙着在几株稻秆间编织网。"天哪！要是撞到了蛛网上，我的小命儿就没啦。"蚜虫结结巴巴地说，吓得浑身直打战，一下子跌落到一片稻叶上，动也不敢动，只是瞪着眼睛面对蜘蛛发愣。

不大的工夫，一张结构精巧的蛛网编织成了。蜘蛛大哥见自己捕捉害虫的武器造好了，可高兴啦，趴在网上自言自语地说："嘻嘻！视力最好的虫子，在飞行时也很难察觉到我织的网，加上我喷的丝黏性大，害虫一旦落网，就甭想活着回去啦。"说完，他便静悄悄地守候在网上，伺机捕杀落网的虫子。

蚵虫暗自思忖，看来这里不是久留之地，还是躲远点为妙，免得被蜘蛛活捉。谁不知道他的网厉害，我的伙伴们每天叫他网住的，数都数不清哟。"怪不得人家都说蜘蛛交不上朋友，他那个凶狠劲儿，没哪个愿跟他交朋友，我也不会和他相好哩！"蚵虫一边逃跑，一边嘀咕个没完。

寄生蜂擒敌

"哎哟！蜘蛛大哥，你放开我吧！"蚵虫正没命地逃着，忽听寄生蜂小妹妹的求饶声打身后传来。他扭回头，看到寄生蜂浑身都叫蛛网粘住了："活该！谁让你到处乱飞呢，谁叫你不对蜘蛛提高警惕呢！"蚵虫索性蹲在稻叶上，想看看蜘蛛怎样把寄生蜂吃掉。

在他眨巴眼的工夫，蜘蛛大哥已经轻捷地跳到寄生

144

蜂跟前，说："寄生蜂，你自己送上门来了，可别怨我嘴馋。今天我要吃了你！"

"慢！"寄生蜂见蜘蛛凶猛地扑上来要动口，心想就是死也要死个明白，便大声斥问，"蜘蛛大哥，我问你，人家说你专门给庄稼捉害虫，可是真的？"

"那还有假！"蜘蛛大哥自豪地回答，"我们的家族可大了，光是看管农田的圆蛛、狼蛛、跳蛛、猫蛛……就有上百种，不管在空中、地面还是水上，都布下了天罗地网。你知道吗，一亩农田里，有我的十几万至几十万个兄弟姐妹在站岗放哨，害虫胆敢来，他就休想逃掉，嘘，你也一样。"

"我的妈呀，有这么多呀！"蚜虫左右上下看了看，担心自己被捉住，没看到有什么蛛网在身边，才放了心。

"我也为庄稼捉害虫，你怎么敌我不分，连我也要吃掉呢？"寄生蜂质问道。

"真的吗？"蜘蛛大哥半信半疑。

"这还有假吗？"寄生蜂小妹妹学着他的口气回答，"刚才，我也在寻找蚜虫，不小心被你网住了。你不信？"

蜘蛛大哥沉思片刻，决定试探试探她："小妹妹，你去抓一只蚜虫来，好吗？"

"好说好说。"寄生蜂满口答应。

蜘蛛大哥的办法可巧了,他从自己的脚底下,分泌出一种可以润滑的油液,在寄生蜂周围爬了一圈,便把她给松了绑。他看着她扇动着透明的翅膀,嗡嗡地唱着歌儿寻找蚜虫去了。

她飞啊,飞啊,飞到了棉田没捕到,又飞进了花生地也没捕到,最后还是在稻田里捕到一只蚜虫,像是缴获了一份战利品,唱着歌儿飞了回来。她把蚜虫放在蜘蛛大哥的跟前,蚜虫挣扎着想逃跑,寄生蜂立刻在他身上挥动触角,这儿敲敲,那儿碰碰,随即把产卵管弯曲过来,像护士给病人打针似的,准确而有力地刺进了蚜虫体内,射入微量的毒液。蚜虫浑身麻痹,顿时失去了知觉。

"小妹妹,你真不简单哩!"蜘蛛大哥看入了迷,连声称赞,"好呀,好呀!从今以后,我们交个朋友,一起给庄稼捉害虫,你用针扎,我用网粘,怎么样?"

"太好啦!"寄生蜂越飞越高,"大哥,我这就去捉害虫,你等着,我要捉好多好多来见你。"

蛔虫看傻了眼,心想:寄生蜂准是要了个花招,把蜘蛛这家伙给哄骗了。嗯,有了!我以后要是给蜘蛛逮住,我也说会给庄稼除害虫,对对,这真是骗他的好办法。

大马蜂勇士

正当蛔虫在暗想诡计的时候，有一只大马蜂掠空而过，重重地撞到了蛛网上。蛔虫在一旁幸灾乐祸，笑道："马蜂呀马蜂，瞧你有多笨拙，看我有多机灵，在他网周围转，叫他干瞪眼，休想抓住我，嘿嘿嘿！"一眨眼，蛔虫愣住了神儿。怎么？蜘蛛没有袭击落网的马蜂，相反，两个在一起又说又笑，显得可亲热啦。

"蜘蛛大哥，你是捕虫的勇士，我早就想来拜见你了。"大马蜂把随身带来的虫子递给蜘蛛，"这是我捉的棉铃虫、造桥虫，特地送来给你尝一尝鲜的。"

"试试，来，我们一块儿吃吧。"蜘蛛大哥边吃边问，"马蜂弟弟，你一天能捉多少只害虫啊？"

大马蜂吃完一只棉铃虫，抹了抹嘴巴，回答："说不定，要是田里的虫子多，就捉得多，虫子少，捉得也少。"他顿了顿，又说，"不过，只要种田人把我们施放在棉田里，至少可以顶上四五次用农药杀虫呢！"

"嗬！贡献比我大多了，"蜘蛛大哥连蹦带跳，兴奋地说，"你们才是响当当的捕虫勇士啊！"

"瞧你夸的。"马蜂直摇脑袋，脸都红了，觉得怪不好意思的哩。临别时，大马蜂热情地发出了邀请："蜘蛛大哥，有空请你到棉田里张网，我们做个好朋友，一起捕杀害虫，同意吗?"

"为庄稼除害，哪能不同意呢?"蜘蛛大哥欣喜地回答。蜘蛛跟寄生蜂、大马蜂交朋友之后，又看到许多奇怪的事儿：螳螂两把"斧子"捕捉害虫真威风，雌飞蛾用秘密武器——飞若蒙①大显神通……蜘蛛高兴极了，又和螳螂、飞蛾成了好朋友。

眼看蜘蛛交了那么多朋友，蚜虫十分气愤和不安。但有什么办法呢? 蜘蛛和朋友们最憎恨蚜虫破坏庄稼的行为，毫不留情地把蚜虫消灭。

（载《农民之友》1982 年 6 月）

---

① 飞若蒙，是雌飞蛾身上分泌出的一种激素。

猴姥姥听故事

春天来了，满山遍野，百花盛开，一团团一簇簇，姹紫嫣红，多美丽呀。可是，这大好的春光，猴姥姥却观赏不了啦。真倒霉，她的一双老花眼好像成心跟她捣乱，近来什么东西也看不清喽，甭提她心里有多着急啦。

一天早晨，猴姥姥刚醒来，就听到山雀姑娘和田鼠弟弟在不远的地方聊天。猴姥姥心想：虽然我的眼睛看不到春天的美景，可我这双耳朵很灵，请他俩来给我讲一讲所见所闻，不也能帮我解一解心头的郁闷吗？对，就这么办。于是，她扶着一棵白桦树干，直立起身子，大声地问道："听声音，是山雀和田鼠在玩耍吧？"

"是我们，姥姥！"山雀姑娘柔声细语地回答。

"好孩子，到姥姥这儿来。"猴姥姥向他俩招了招手。山雀扑棱棱飞，田鼠出溜溜跑，很快来到猴姥姥身边，听她把心事说了出来。快嘴的山雀姑娘扑扇着双翅，乐喳喳地讲开了：

“姥姥，我见到的新鲜事儿可多呢，您别急，听我慢慢说给您听。每天早晨，太阳公公刚登上山头，我就飞出去了。我见到白白的积雪融化了，清清的小溪唱起了歌儿，树儿吐绿，草儿发芽，花儿开放，红的、黄的、白的、绿的，五颜六色，春天为大地妈妈穿上了一身花衣裳，漂亮极啦……”

“不对，不对！”山雀姑娘正兴致勃勃地往下说，却被田鼠弟弟毫不客气地打断了。他尖着嗓子反驳道：“山雀啊，山雀！你可不能尽拿好话哄骗猴姥姥。”

“谁骗她老人家啦？”山雀姑娘噘起了长长的嘴巴，“你说，你说呀！”

“说就说！”田鼠把小脑袋一歪，理直气壮地回答，“整个世界哪像你说的那样花花绿绿？我看全是黑色，只不过有的颜色深，有的颜色浅，才不美丽哩。”

“哦，这是怎么回事呢？”猴姥姥揉着两眼问。

山雀面红耳赤地争辩道：“我亲眼所见，能有假？”

田鼠尖着嗓门辩解道：“我也亲眼所见，能有错？”

“好了好了，”猴姥姥很为难，对他俩劝解道，“有话慢慢说，别争啊，孩子们。”

可他俩都觉得对方委屈了自己，还是互不相让，各抒己见。争辩声越来越大，惊动了山上的伙伴们，呼呼啦啦一下子跑来了好多，各帮一方，吵吵嚷嚷，好像猴姥姥主持召开的林中盛会。"呼——呜——"这时，攀在树枝上的猫头鹰大哥发出了非常刺耳的冷笑声，瞪着大眼睛，张开短嘴巴，晃动又圆又大的脑袋，用强健的钩爪敲打着树干，吼道："田鼠老弟的话有道理，山雀姑娘说的都是假话。"

"呱——呱——"乌鸦大嫂大叫一声打林子里飞出来，可着大嗓门喊叫，为山雀姑娘鸣不平，"猫头鹰血口喷人，山雀姑娘的话都是真的。猴姥姥，您别信田鼠的那些话。"

吵吵闹闹，猴姥姥怎么也制止不住。白天很少出门的蝙蝠大婶也闻声从山洞里飞来，老远就在空中喊道："乌鸦大嫂，你错啦！田鼠弟弟说得对，猫头鹰大哥说得好，世界就是一片黑暗。猴姥姥，相信我们的话吧。"

"这……"猴姥姥不知道听谁说的好。

"蝙蝠，你也不老实，说假话！"喜鹊姐姐站在大树梢上斥责，"山雀姑娘说得对，乌鸦大嫂说得好，世界就是五颜六色，瞧这春光有多好看啊！猴姥姥，相信我们的话吧。"

"那……"猴姥姥叹了口气，揉着两眼说，"唉，孩子们，到底让我相信谁的话呢？要是我自己的眼睛能看清就好喽……"

没等她的话说完，从山坡小路上走来一位护林老爷爷。刚才的争吵声他越听越觉得有趣，便信步走了来。他的笑声打断了猴姥姥的话。一见护林爷爷来，大家都想找他帮腔，都知道人的智慧是无穷的，这丁点儿小事准难不倒他。田鼠弟弟在老爷爷脚前转着圈儿，问道："我看到的世界都是黑色的，您说我的话对吗？"

护林爷爷捋了捋白胡子，乐呵呵地回答："对呀。"

田鼠、猫头鹰和蝙蝠欣喜若狂："我们胜利啦！"

山雀姑娘不服气，嗖一下飞落到护林爷爷面前的松枝上，问："我看到的世界花花绿绿，美极了，您说我的话错了吗？"

护林爷爷眯起了双眼，喜滋滋地回答："没错。"

山雀、乌鸦和喜鹊欢呼雀跃："啊，我们胜利喽！"

田鼠不乐意了，气呼呼质问护林爷爷："您一会儿说我的话对，一会儿又说山雀的话没错，那到底谁看到的情景是正确的呢？"

"呵呵！"护林爷爷笑了笑，"应该说，你们看到的都对，又都有片面性。"

"咦，这是怎么回事儿？"猴姥姥不解地问。

"听我慢慢说，"护林爷爷坐到大树下的石头上，理了理白胡子，慢条斯理地说开了，"书上讲，这里边涉及圆柱细胞和圆锥细胞的功能问题。像田鼠、蝙蝠、猫头鹰，他们眼睛视网膜上只有圆柱细胞，这种细胞主要是感受弱光，对光的灵敏度很高，但不能区别颜色。正因为这样，他们所看到的世界才是黑色的。"

"噢，原来是这样！"田鼠有些惊讶。

"而山雀、乌鸦和喜鹊就不同了，"护林爷爷继续说，"她们眼睛视网膜上仅有圆锥细胞，这种细胞主要是感受强光，能分辨颜色。所以，她们看到的世界是美丽的。"

"那您的眼睛看到的世界，是个啥样儿的呢？"猴姥姥好奇地问。

"我吗？呵呵，既能看到五彩缤纷的春光，又能看到昏黑的夜色。"

"奇怪。"

"新鲜。"

"不奇怪，也不新鲜，"护林爷爷解释道，"人的视网膜上，这两种细胞都有，懂了吗？"

"啊，真好！"猴姥姥由衷地赞叹道。

（长春人民广播电台少儿节目 1981 年 5 月 20 日播）

比　武

仿生学的应用，已经有着悠久的历史，但作为一门学科正式命名却是六十年代的事情。写作本文的目的是想用童话的形式，向朋友们介绍仿生学在航空领域的应用。

　　　　　　　　　　　　　　——作　者

蜻蜓与杜鹃的翅膀·飞机

　　一天傍晚，喜鹊姐姐站在树林边的一棵白桦树枝头上，抖了抖身上俊美的羽毛，用清脆的声音呼唤着伙伴们，邀请他们快来观看一场奇特的比武。

　　比什么武呀？树林里的老住户们都觉得新奇，听了她的吆喝，也就来了。山鸡飞，松鼠跳，兔子蹿，狐狸跑，大伙一到，主持比武的喜鹊姐姐马上宣布开始。

头一个出场的是蜻蜓。他从一棵狼尾巴蒿上腾空跃起，摇着细长的身子，颤动两双薄纱似的翅膀，一会儿低空俯冲盘旋，一会儿又疾速跃升，一会儿还来个倒滚横翻，无论怎样飞行，他都能保持平衡，自由飞翔。做完各种特技飞行，他轻轻落在狼尾蒿上任凭晚风的吹摇，等待观众们对自己的赞美。

长尾巴山鸡见蜻蜓弟弟飞得比自己快，比自己高，忙扑扇着花翅膀直夸赞："小弟弟，你真了不起!"

蜻蜓高傲地翘起尾巴，自鸣得意地笑了："嘻嘻!山鸡啊山鸡，你知道吗，有人计算过我这双翅膀，每秒钟能颤动三五十下，一个钟头能飞六七十公里，我可是名副其实的'高速飞行家'哟，谁能跟我比? 嘻嘻! 连最早的一种双翼飞机，还是模仿我的飞行功能制造出来的哩，你听说过吗?"

"听说过，你真行啊!"山鸡伸长脖子直奉承他。

狐狸心眼儿多，当他一想到骄傲的蜻蜓马上就要丢丑了，张开大嘴巴，伸出舌头嘿嘿地冷笑了起来。

正当蜻蜓也在得意地大笑时，美丽的杜鹃哥哥在他的头顶上振翅飞向了高空。蜻蜓哪肯怠慢，使劲颤动双翅随后追赶，怪事儿，越紧追离杜鹃越远了，他着了急，不明白杜鹃是用什么新招儿飞得那么快、那么高。他累得满身大汗也追不上，就喊起来："杜鹃哥，等一等!"

155

杜鹃放慢了飞行速度，等蜻蜓赶来，便亮开双翅让他看："没什么新招，我的飞行秘密，全在这双翅膀上，你看吧！"

　　蜻蜓不愧是飞行的行家，一看就发现了奥妙：杜鹃双翅展开时，除了有一定的平面外，明显的特点还有翼的前缘厚、后缘薄，有点弯曲，飞行时能产生很大的升力。看到这里他恍然大悟："哦！我想起来啦，七十多年前，美国的莱特兄弟不就是模仿你这样的飞行功能，研制了'飞行者一号'飞机飞上了天空吗？啊呀呀，我自然不能和你相比啦。"

　　"喂！快飞回来吧，我们快看不见你俩啦！"喜鹊姐姐大声地喊道。

　　不一会儿工夫，蜻蜓和杜鹃又飞回了比武场。观众们一致夸赞杜鹃飞得快、飞得高，本领大。

　　可是，杜鹃用尖尖的硬嘴壳啄啄身上的羽毛，谦逊地说："要是跟今天的航天飞机相比，我可就差距太远太远啦。"

　　小松鼠攀在松枝上嚼着松果子，歪着脑袋瞅蜻蜓，讥笑他："蜻蜓啊蜻蜓，瞧人家杜鹃哥多虚心，谁像你这个骄傲的将军呀！羞不羞？"

　　蜻蜓装作没听见他的话。狐狸眨了眨两只眼睛，摇着大尾巴说："我啊，能有你们那样一双翅膀就好了，准会飞得比谁都高，谁也管不住我啦，嘿嘿！"

兔子调皮地问狐狸："是怕撞上猎人的枪口，才想高飞的吧？"

他的话逗得大伙儿一阵大笑。小松鼠笑得打松枝上摔下来，把屁股也摔疼了，便在草地上翻了几个跟头，又蹿到松枝上嚼松果子去了，他的嘴巴一时也不闲着。

笑了一阵子，蜻蜓对狐狸反驳道："别看天空那么大，想自由自在地飞可不是件容易的事哩！我就常常飞迷了方向，还亲眼看见许多飞机也迷了航哟。"

长尾巴山鸡"咯咯"叫着提出了疑问："模仿蝙蝠大嫂'超声定位'发明的雷达，就引导飞机飞行呀，哪还会迷航？我不信。"

细心的喜鹊看出有不少的观众也跟着怀疑了起来，便"喳喳"打了个招呼，飞回她在高大的橡树梢上垒的新房，衔来许多信片，撒在草地上让大伙看。这些信片都是黄鹂、鹁鸪、燕子、麻雀一伙朋友们从世界各地捎来的。信上说，每年都有好多飞机因为引导不好，发生了飞行事故。看完，大伙儿都说要是有个宝贝，比雷达更好的宝贝，能引导飞机穿云破雾该有多美啊！

喜鹊姐姐一听，兴高采烈地告诉大家："宝贝已经有了，你们都蒙在鼓里哟。"她这么一说，大伙儿都喊喊喳喳地问宝贝在哪儿。喜鹊神秘地朝蜜蜂姑娘努了努

157

嘴。大伙儿将信将疑：她能有什么宝贝呀？

蜜蜂的复眼·偏光罗盘

山菊花丛中，蜜蜂姑娘正在忙碌。她一听到喜鹊姐姐发出指令，立即起飞，唱着歌儿，径向西下的太阳飞去。她飞过了树林、小溪、山村，又飞向云雾缭绕的山峰，轻轻落在一丛芳香的山花上，尽情地吮着花蕊中的蜜汁。她看看天不早了，这才心满意足地顺原路飞回到比武场上，落在她十分喜爱的那丛山菊花中。

蜜蜂准确飞回，可把观众们乐坏了。蜻蜓和杜鹃更高兴，非常羡慕她，可又弄不懂她是怎样飞去又飞回的。蜻蜓嗖一下飞到喜鹊姐姐面前，央求她给讲一讲蜜蜂的"宝贝"。喜鹊摇了摇头说："蜜蜂姑娘是'定向飞行'的专家，还是请她自个儿来说给大伙儿听吧。"

蜜蜂抹了抹嘴尖子上的蜜汁，羞羞答答地飞到观众面前，嗡嗡嗡转着圈要大伙注意看她的头部。新鲜，她的头部有一对奇怪的眼睛，每只眼又由数千只小眼睛组成。兔子竖起了两只耳朵，简直把他给看愣了神，忙连蹦带跳地来问蜜蜂："姑娘，你那儿长的到底什么眼睛呀？大眼睛里头套着小眼，奇怪，奇怪。"

蜜蜂笑了，说："兔哥哥，这双眼叫'复眼'，我就是用它的感光色素的定向功能，感受太阳偏振光，确定飞行的方向和目标，你有什么好奇怪的呢？"

蜻蜓有些问题还是搞不清楚，又飞过去问蜜蜂："要是有云遮住了阳光，你还能辨清方向吗？"

"能！"蜜蜂在花蕊中爬了一圈，满有把握地对他说，"哪怕整个天空都布满了乌云，我也能从太阳方位的变化，自动进行时间校正，来确定飞行方向，要说我的'眼力'呀，能看透云雾哩。"

喜鹊接过去介绍说："现在仿照姑娘的眼睛做了一种'偏光罗盘'，飞机安上它在云雾中飞行，也不担心会迷航啦！"

可是，蜜蜂摇着明亮的翅膀，谦虚地说："我这点本事算不上什么，只能管飞行，要论打仗有更厉害的哩。你们看，他来了。"

响尾蛇颊窝·带颊窝导弹

大伙儿顺蜜蜂姑娘所指的方向看去，什么也没见着，都很奇怪，到底是谁来啦？

松鼠打树上跳下来，前去打探。他在草丛中直往前钻，忽然被谁拦腰紧紧勒住，觉得周身发凉，低头一看，是被龇牙咧嘴的响尾蛇缠住了腰肢。"啊哟！"松鼠胆儿小，这一下子被吓晕了。

过了一会儿，松鼠苏醒过来，看见响尾蛇还在一旁冲他吐着血红的芯儿，心里直发怵，一动也不敢动。响尾蛇笑嘻嘻地对他说："我是跟你开个玩笑，想让你先看看我是怎么捕捉目标的。别害怕，咱俩一块儿走吧。"

"响尾蛇来喽！"两个到了比武场，松鼠一声喊，观众们都被惊吓得四处逃散。喜鹊高声喊道："人家是来比武的，你们都跑什么呀，快回来哟！"

见此情景，响尾蛇瞪大两眼直纳闷儿：嫌我丑，还是怕我凶？哼！没关系，马上我来个精彩表演，你们准会喜欢我的。他边想边来回游动，尾巴梢子不时发出"咝咝"的响声。猛然，在他鼻孔和眼睛之间的"颊窝"——响尾蛇的热敏器官——感受到有一束热线的辐射！说时迟，那时快，他一个急转回头，顺着辐射来的方向游动，哟嗬！原来是田鼠在前头疾跑。他高兴地扭摆着细长身体，紧追田鼠不放，越逼越近，甩起尾巴将他拦腰缠住。田鼠痛得"吱哇吱哇"直叫喊："天哪！我的小命算完啦！"

可是，响尾蛇并没有伤害他，而是一个翻滚将他松了绑："小老弟，你受惊了，谢谢你的配合，再见！"

田鼠一瘸一拐地逃了。

的确，大伙都被响尾蛇的武艺惊呆了。杜鹃从树梢上飞到地面对观众们说："有一回，我在天上飞着玩，亲眼见一架飞机用带'颊窝'的导弹，一下子就把前边一架飞机打了个空中开花！回家听妈说，那导弹正是仿照响尾蛇'颊窝'制造的，叫响尾蛇导弹。"

"唉!"响尾蛇叹了口气说，"你们都不要以为我了不起，其实，现在发明了一种'眼睛'才真厉害，导弹一发射它就能发现。"

"有这等厉害的眼睛?"兔子好奇地问。

"咯哇！咯哇!"响尾蛇听到从不远处的荷花塘里传来的叫声，忙对大伙说："你们听，就是她。"

青蛙的眼睛·电子蛙眼

在擂鼓呐喊的正是青蛙妹妹。于是，这一帮子观众循着她的声音，戏耍打闹着来到了绿水盈盈的荷花塘边。

青蛙穿一身花衣裳，坐在一片荷叶上随风荡漾，"咯哇、咯哇"叫不停声，又神气，又漂亮。站在柠檬树上的喜鹊笑了笑，要她到水塘边上跟响尾蛇比一比武艺。"咯哇!"青蛙应声跳到荷塘边，半坐半立地蹲在一棵茅草旁，瞪着两眼，鼓动气囊，严防着对方的进攻。

响尾蛇使劲颤抖着细长的芯儿，悄悄地游到青蛙面前，"啪"地用尾梢向她甩了过去，企图将她拦腰缠住。

刹那间，青蛙妹妹来了个腾空跳跃，在三四步远的地方落下，还撒了一泡尿，淋了响尾蛇一身。呀！响尾蛇气坏了，可又束手无策。他改变了战术，在她面前来回游动，窥测方向，并不进攻。过了会儿，趁青蛙没在意时，他便绕个圈子游到她的背后，又忽地一个猛扑，青蛙不慌不忙，非常敏捷地跳到荷叶上坐定，回头对响尾蛇哈哈大笑。响尾蛇这下可急了眼，"哒哒"摇着尾巴紧追青蛙不放，不料被塘里的水挡住了去路，只好在岸边垂头丧气，活像个醉汉歪歪扭扭，扬长而去。

就在响尾蛇和青蛙反复较量的当儿，站在一旁观战的兔子、山鸡和狐狸，发觉青蛙的秘密好像就在她凸起的那对眼睛里，只要一见有危害到她安全的影子出现时，便嗖的一下就跳开了，拿她没办法。

"咯哇！咯哇！"青蛙坐在荷叶上对岸边的观众们自我介绍说，"我的眼里有四类视神经组织，能看到四种不同的影像，它们重叠在一起我就能判断是不是有来向我进攻的敌人。"

这会儿蜻蜓才看出人家的武艺都比自己高强，不由红了脸，尾巴也不好意思再往上翘了，只是一个劲儿在荷塘的水面上点水，来掩饰羞怯的心情。

长尾巴山鸡伸着脖子问青蛙："妹妹，要是个个都有你一样神奇的眼睛有多好啊！"

没等青蛙回答，喜鹊就飞过来，拿翅膀拍打着山鸡的尾巴，笑他的消息太不灵通，告诉他说："已经有人模仿青蛙妹妹眼睛的功能，制成了'电子蛙眼'装在飞机上，专用来识别空中的飞机、导弹，还能跟踪和侦察，用处可大呢！"

"噢！原来是这样。"

太阳快要落山了，喜鹊姐姐宣布比武结束。观众们都高高兴兴地散了，有的去找吃的，有的要找个惬意的地方睡一觉，唯有蜜蜂姑娘不吃也不睡，迎着晚霞飞向了远方。她是做"定向飞行"，还是去采蜜？"嗡嗡嗡！嗡嗡嗡！"姑娘又唱起了欢乐的歌儿。

（载《科学之窗》1980 年 6 月）

知了被审

　　森林中，正在召开审判大会，担任审判长的啄木鸟大叔高高地站在一棵松树枝上，用他那尖硬的嘴巴喊道："把被告知了带上来！"

　　知了被带到啄木鸟面前。啄木鸟发问："根据原告小白杨的指控，你犯有破坏森林罪。"

　　"我没有罪！"知了扇了扇透明的翅膀，高傲地答道。

　　在一旁的原告小白杨，本来长得亭亭玉立、漂漂亮亮，可近日来渐渐变得面黄肌瘦、没精打采。小白杨一看知了抵赖，非常生气，他向啄木鸟提出申诉："审判长，你是我们森林家族的老医生，经常给我们捉虫治病，你最清楚。"

　　啄木鸟点了点头。

　　"知了经常用他的'钢针'扎进我皮肤，'吃呀吃呀'地吸吮我身上的营养，我被他糟蹋成这个样子。"小白杨说着说着流下了伤心的眼泪。

啄木鸟用长长的嘴巴指了指知了，问："是事实吗？"

"没错，没错。"知了满不在乎地抖了抖双翅，说，"他们占有大片土地，什么好事也不会做，可我呢，吃饱后可以给诸位唱最动听的歌儿。"

"住口！我们森林家族，团结起来，能够降服风沙造良田。"突然四处响起了怒吼声。

知了镇静地说："哼！降服风沙造良田，有谁做证？"

"我愿做证。"半空中响起了吼声。

知了眨了眨两眼："风大哥，你做证？"

"呜……"一声吼叫，疾速旋转，卷起满天的枯枝落叶，狂舞着向大森林冲去。

知了被风大哥刮得翻了好几个跟头。

小白杨却紧靠在云杉爷爷身边和大家族一道组成了绿色的长城，抵挡着风大哥的袭击。过了一会儿，风大哥拖着疲倦的身子回到大家面前，向啄木鸟报告："审判长，森林家族组成的防护网使我逞不了狂。"

知了说："风大哥经过林带后，减少力气，沙尘便落下许多，空中残余部分又被枝叶阻留过滤，空中干净

165

了。但这并没说明他会造良田呀!"

风大哥答道:"森林里的枯枝落叶腐败后,是很好的有机肥料,它不断与沙土混合,沙土的黏结力和肥力增强,沙荒就会逐渐变成良田。"说完他转身不见了。

知了伏在一棵小草上对啄木鸟说:"就算森林家族能除风沙、造良田,可他们从土壤里吸收水分,把庄稼的水吸干,难道没罪?"

小白杨立即反驳:"喝水多是事实,但大旱时我们会呼云唤雨来给庄稼洗澡……"

知了直摇脑袋。

太阳公公驾着一片白云站在当空,把他身上无限的热量变成万道光芒射向大地。

当太阳公公钻进云层时,天空顿时昏暗,一阵风过后,下起了大雨。

"森林呼云唤雨,造成水土流失,危害了农业生产。"

啄木鸟审判长说:"你再仔细看看,造成水土流失没有?"

知了定定神细心观察,只见雨水落到庞大的树冠上,绝大部分滴落下来,有的顺着树干流到脚下,被那些枯枝落叶和腐殖质大口大口地吸收着,减少了雨水的流失。

知了正想着,猛然看见痢疾菌滚到面前,吓得他直往后退。

痢疾菌有气无力地回答："知了呀，森林里的树木、花草，能分泌出大量的植物杀菌素，专门消灭结核、伤寒、白喉和我这样的病原菌……"

一句话没说完，他便倒在地上动弹不得了。

听完痢疾菌的证词，知了联想到自己的所作所为，不知所措。

这时啄木鸟郑重地宣布："根据法庭调查，被告知了罪行属实，按破坏森林罪对他依法惩处！"

在一片喝彩声中，知了便瘫倒在湿漉漉的草地一动不动，口里不停地嚷道："小白杨，我有罪……"

（载《科学文艺》1981 年 11 月）

167

咿呀！ 妈妈痉挛

花哥哥上树

"咿呀！"小白兔弟弟一出门，就被头戴大红帽、身穿大花袍的花公鸡哥哥吓愣了，"花哥哥，你干吗拼命地往树上飞呀？"

花公鸡扑拉着翅膀，攀蹲在槐树爷爷的粗胳膊上，听到小白兔的问话，便伸长脖子，惊恐不安地答道："喔——喔——喔！小白兔弟弟，天气好闷热呀，我在屋里睡觉心烦透啦，好像还不安全，所以就飞到槐树爷爷的身上来了。我遇到危险就喜欢上树。"他又对小白兔叮嘱道，"你也快寻个安全的地方，躲一躲吧！"

"干吗要躲呀？"小白兔非常爱学习、肯钻研，遇到不明白的事儿从不马虎或假装明白，总要打破砂锅问到底。这不，他竖起两只尖尖的耳朵，蹦蹦跳跳转了一圈，不解地问："嘻嘻嘻！自己吓唬自己，你说哪里不安全、有危险？"

一句话还没问完，猛一下被白胡子羊公公的喊声打断了："咩——别打我啊，亮亮！我不敢进屋，我怕呀！"

羊公公被打

亮亮就是放羊的孩子，平时他非常喜欢羊公公，今天却很反常。他一手挥动竹竿，一手拽着羊公公的犄角，硬将羊公公往圈里拖。实在拖不动就拿竹竿抽打羊公公的屁股："淘气的家伙！天都这么晚了，你还想到处闲逛吗？怕什么？不听话，看我不揍你！"亮亮一边说，一边把羊公公硬往圈里轰赶。

"亮亮，你不能打羊公公哟！"小白兔跑到亮亮面前，在他身前身后蹦跳着求情，"你看，花哥哥也不愿进屋去睡觉，今天的天气好像有些反常呢。"

亮亮顺着小白兔指的方向，看到花公鸡蹲在树上，显得焦躁不安，伸着脖颈东张西望，生怕有谁会来偷袭他似的。"到底会发生什么事呀？"他心里捉摸不透，眨巴着两只大眼睛猜想，也不再驱赶羊公公了。

169

鼠大嫂搬家

忽然，小白兔像发现什么似的，直立起前身，惊奇地问："咦，鼠大嫂呀，你和孩子们在忙活什么呀？"他看到了一只大老鼠带领许多小老鼠从门洞进进出出，正忙忙碌碌地搬着东西。

"嘻！小白兔弟弟，我们在搬家哩。"

"好好儿地住着，干吗要搬家呀？"

"原来住的房子好像不大安全，得换个地方啦！"

"你怎么知道不安全呢？"

"别看我是鼠目寸光，我们的眼睛可灵啦。我看到了一种奇怪的红外线，就是不祥之兆。"鼠大嫂说完，和孩子们用嘴巴拖着储备粮、做窝用的破被絮，排着队朝村头跑去。

看着他们远去的身影，小白兔低头沉思，越发纳闷儿："哎呀呀，他们怎么都说自己家里不安全呢？"

鱼姐姐跳水

正在他自言自语的当儿，"叭、叭、叭""咚、咚、咚"，村头池塘里，鱼儿击水的声音传进了小白兔的耳朵里。他循声来到池塘边一看，嗬！一条一条鱼儿浮出了水面，腾飞跳跃，热闹极了。小白兔对池塘里的鱼儿说："嘻嘻嘻！你们嬉水打闹，玩得真快活。"

鲤鱼姐姐噌的一下跳到水塘边，张开鳃深吸一口气，断断续续地对小白兔说："不知道为啥，今天的水里又闷又热，姐妹们都想浮出水面，换换新鲜空气。要不准会把我们憋坏啦！"

"咦，鲤鱼姐姐，听你这么说，在水里也有危险？"

"可不是嘛，我已经感觉到在我们周围产生了相当强的电场，真是危险的苗头啊。"鲤鱼说时打了一个挺，又跳到了池塘中间。"真不好受啊！小白兔弟弟，要是不信我的话，你可以去问鸭妹妹，她们连水都不愿下呢。"

"哦？"小白兔为了抓紧时间把这些疑问弄清楚，便"噌噌噌"地跳了一段路，来到池塘边的一块荒草地上。

鸭妹妹不安

这儿有一群鸭子，正在暴躁不安地吵闹着："嘎！嘎！嘎！""热！热！热！""怕！怕！怕！"

白兔听了，更加疑惑不解，着急地问："鸭妹妹，你们怎么啦？有什么可怕的？"

171

"嘎！嘎！往日在水里追逐、嬉闹、扎猛子、逮小鱼儿，玩得可痛快啦。"白鸭妹妹解释道，"可是，今天下水，总觉得浑身不舒畅，谁还愿意下水玩呢！"

"奇怪呀！"小白兔面对这群又叫又飞、惊恐不安的鸭妹妹，自言自语地说，"连我自个儿也觉得乱蹦乱撞才痛快，这是怎么回事呢？邪门儿啦！"

眼镜王逃难

说话时，"呼呼呼"地从柳树根下小圆洞里游来一个身体细长的家伙。看那身打扮真够吓人的：颈部有两块白边黑心的眼镜状斑纹，身穿黑褐色、有十五个黄白色环纹的衣裳，腹部围着黄白色的兜儿。激怒时，他的前半身竖起，颈部膨大，"呼呼"作声。张开又扁又宽的大嘴巴，露出尖利的牙齿，瞪着一对大眼睛，吓得鸭妹妹们扑扇双翅，惊飞不安。小白兔也胆怯地竖起两耳跳开几步，厉声喝问："你是谁，为什么要来这儿吓唬我们？"

"呼呼呼！别害怕，"他把头抬得高高的，看到小白兔和鸭妹妹惊飞乱跳，不由大笑起来，"我的名字叫眼镜王，虽然我是很凶的蛇，可我不会伤害大家的，彼此都是逃难者嘛。"

听了他的解释，大家才安静下来。白鸭妹妹走到他跟前，探问道："眼镜王，你不好好待在家里睡觉，游到这里做什么？"

眼镜王抖动着细长的尾巴，"呼呼"地吐着芯儿，说："唉，天气烦闷，怪不舒服的，待在小黑屋里睡不着，还有些危险，不如出来兜一兜风，痛快痛快。"

"那你说说，到底有什么危险呀？"小白兔沉不住气了，急切切地追问，"这是我最关心的问题哩。"

"你去问大地妈妈吧，我可是说不准呢。不过，凭着我十分发达的内耳，我觉察到了地面在震动。"眼镜王说完，摇摇摆摆扬长而去。

水姑姑翻花

没办法，小白兔抬头看看天空，大气浑浊，日光惨淡，像要变天了。他告别鸭妹妹，准备带着这些疑问回家，去找亮亮问问看，兴许他知道。不料，他冷不丁听到背后传来"咕嘟咕嘟"的叹息声。小白兔转回头，好奇地走近前一看，是井里的水姑姑在翻花、冒泡、打旋。他立起后腿，趴在井口上看了看，问道："水姑姑，你在跟谁闹别扭呀，直冒大气泡、翻大花？"

水姑姑"咕嘟嘟、咕嘟嘟"喘息了一会儿，说：

"跟大地妈妈生气，她自己生了病，却不让我们安生，真倒霉！"她气得好像开了锅，一个劲儿地翻花、冒泡。

小白兔眨巴着两眼，今天被这一连串的奇怪问题都弄糊涂了，忙追问道："大地妈妈有什么病啊？告诉我吧，水姑姑。"

"我说不清楚，你去问她自己好啦。反正她一生病，我就陪她难受，连我的颜色和味道也得变哩。咕嘟嘟！咕嘟嘟！"

妈妈痉挛啦

呀！这可急坏了小白兔："怎么问谁都不说呢？算了，反正有危险也不关我的事儿！"但他转念一想：不对呀，这么多不懂的问题哪能随便放过去呢？再说，不管谁有了危险，问清楚也好帮助人家啊。他转了几圈，看到暗淡的晚霞余晖映照着大地妈妈的躯体，她正在沉沉酣睡，哪像个生病的样儿呢？"大地妈妈，听水姑姑说你生病了，是真的吗？"

半晌，大地妈妈咳了咳，用颤巍巍的声音回答："孩子们，妈妈常常痉挛，一年要发生五百多万次。"

"呀！这么多次啊？你为什么不找医生治一治呢？"

"嘿！傻孩子，我的病多高明的医生也治不好哟。"

顿了顿，她轻声说，"不过，人们能感觉到的只有五万次左右。"

"你为什么老爱痉挛呢？"小白兔真不理解。

"唉！说来话长啊，"大地妈妈长叹一声，"我的身体像个椭圆形的大球。在我身子里头，温度高达四五千度。我整个腹内装的东西，时时刻刻都在运动、变化着。"她又喘了口气，"有时，在我身体的一些部位，由于受不住外界很大的挤压力或拉张力，我这庞大的躯体就会部分地发生倾斜、弯曲、变形、错动和断裂，实在忍受不住了，就发生痉挛啦。"

"咿呀！你说的痉挛，不就是闹地震吗？"小白兔吃惊地问。

"刚才我有好多好多邻居都反应异常，难道是你要闹大地震的预兆吗？"

"聪明的孩子，说得对！"大地妈妈耐心地向小白兔解释道，"在我痉挛之前，对自然界的电、磁、声、光、温度、化学成分、机械振动……都会产生一些影响，那些生理功能特异的动物，对这些影响可敏感啦……"

"嘻嘻嘻！我懂啦，我懂啦！怪不得我的邻居这阵子都很惊慌失措、情绪烦躁，原来，是你老人家要闹地震呀？"

"对，对极了！"

预报真灵光

"咿呀！那我得去通知村上的人们，赶紧采取防震措施哟！"小白兔连蹦带跳地回到村子里，可家家户户都关上了门，没见着一个人影儿。真糟糕！去向谁报告这个顶顶重要的消息呢？对啦，先去告诉亮亮吧，他是个不爱动脑筋的孩子，不让他知道太危险啦。小白兔急急忙忙地来到亮亮家，屋子里也没人，咦！亮亮到哪儿去了呢？他正在寻思，猛然从老槐树爷爷那儿传来亮亮的声音。小白兔闻声走过去一看，嘿！有意思，亮亮手上拿着一个小本儿，正站在人群中的石凳上大声念道：

震前动物有预兆，人民战争要打好。

牛羊骡马不进棚，老鼠搬家往外逃。

鸡飞上树猪拱圈，鸭不下水狗狂叫。

蛇不睡眠游出洞，鸽子惊飞不回巢。

兔子竖耳蹦又撞，鱼儿惊慌水面跳。

井水发浑翻大花，又打旋来又冒泡。

人人关心细观察，综合异常做预报。

采取措施早防范，不被地震所吓倒。

　　　　　——地震预报小组全体小朋友

亮亮刚念完，突然传来隐隐的地动声，远听如闷雷，近听如击鼓。紧接着，一道道红白色闪光划破了天空。"哗啦啦！"一股浓烟升起，有几间房子倒塌了！

"咿呀！大地妈妈疼挛啦！"小白兔惊恐万状，大声嚷道。

"注意，地震啦，地震啦！"

啊哈！全村已经采取了防震措施，没有伤着一个人。羊公公也被亮亮牵到远离房屋和高烟囱的空地上，正在悠闲地反嚼着食物。

人群里，一位躬腰驼背的老爷爷抚摸着亮亮毛茸茸的大脑袋，眯缝着双眼称赞道："孩子，你们靠观察动物的异常表现来预报地震，还真够灵光哩！你们可为全村立了一大功啦！"

"嘿嘿嘿！我们做得很不够，"亮亮红着小脸蛋，显得怪不好意思的，"要是大家都行动起来，搞好预报，地震啥时候来也不怕啦！"

老爷爷笑得合不拢嘴了："说得对！爷爷也报名加入你们的小组，欢迎吗？"

"欢迎，欢迎！"

"嘻嘻嘻！"小白兔站在一边，笑得非常开心，暗暗称赞道：亮亮真是个爱动脑、为集体的好孩子，我也要向他学习哩！"轰隆隆——"小白兔连蹦带跳地来到羊公公面前，高声喊道：

"咿呀，大地妈妈又痉挛啦！"

不过，谁也没有表现出丝毫的惊慌。因为大家根据预报说大震过后还有不断的余震，早做好了准备啦。

（长春人民广播电台少儿节目 1981 年 3 月 12 日播）

云天航行记

"飞起来啦！同学们，我们飞起来啦！"当我们乘坐的银白色的大型客机展开双翼，徐徐从跑道上升起的时候，客舱里六十多名"红领巾"——参加全国少年航模比赛的孩子们，都兴高采烈地叫了起来。

看着这些天真烂漫的孩子，我的心情无比激动。孩子们做一次云天航游，聘请我来给他们讲一讲云和云对飞行有什么影响的知识，在孩子们中间，我这个年过半百的人，好像又回到了孩童时代，怎么不叫我兴奋呢！这时，飞机上升到预定高度，进入航线平飞。航线上飘浮的云，千姿百态，变化万千。

"气象爷爷，"明明和莉莉指着窗外的流云，催促道，"您快给我们说呀！"他俩是小伙伴们推选出来向我提问的课代表，就坐在我的身旁。

"对呀，气象爷爷，快说给我们听吧！"孩子们一齐跟着嚷道。

"好的，好的。"我笑着点点头说，"孩子们，你们顺窗口往前看，那是什么？"

"云彩！"

"对啦！咱们就先说说云是怎样形成的。"

云的形成

"孩子们，当你们看到云在空中飘来荡去，猜想过它是由什么组成的没有？"

"想过，"莉莉摆动两条扎着蝴蝶结的小辫子，扑闪着一对水汪汪的大眼睛，羞涩地问，"是水，对吗？"

"不，是汽！"

"不对，是雨！"

我理了理花白头发，笑了："都不准确。经过气象工作者大量研究，证实云是由水滴和雪花组成的。"

半天没有吱声的明明，这时歪着圆圆的脑袋，问："气象爷爷，那为什么雨和雪都落到了地上，云就落不下来呢？"

咦，瞧这小家伙多会动脑子！我摸着他毛茸茸的黑头发说："因为组成云的水滴或冰晶，比降落到地面的雨滴或雪花的体积要小得多。比方说，最大的云滴，也比我们肉眼能直接看到的最小沙粒还要小二十倍左右。而雨滴呢，又要比云滴大几十倍。"

"噢，云滴体积小，就轻，可以被空气托着在空中飘浮，慢慢结成云。喏，就像飞机旁边那片云一样。"细心的莉莉用手指了指机窗外的云，又说，"雨滴体积大，就重，空气托不住它，只好从空中一个劲儿往下落，是不是呀，气象爷爷？"

"聪明的莉莉，你说得真好。"我鼓掌，孩子们也都哗哗地鼓起了掌来。莉莉把脸躲在我的背后："气象爷爷，别这样嘛，多羞人啊！"

突然，飞机颠簸摇晃起来。莉莉一把抓住我的胳膊，惊恐地问："呀！气象爷爷，这是怎么啦？"

还没等我回答，机舱里一片慌乱。

"同学们，现在飞机在穿积状云，所以有些颠簸。不要紧，马上就会过去的。"广播员在向大家解释，"穿积状云，也是今天飞行的课目，下面就请气象爷爷给同学们讲讲积状云。"

你烧过开水吗？

经乘务员同志一解释，有些紧张的孩子安静了下来。这当儿，飞机已经从一片积状云中掠过。我望着客舱里的孩子们，问他们在家帮助妈妈烧过开水没有，烧过的举手。

这一问，小家伙们都眨巴眼睛看着我，不明白是啥意思，不过，一个一个还是举起了手。"好，放下，"我说，"你们都见到过，烧开水的壶底中心受热多，四周受热少。受热多的水从中心上升，四周的水就要向中心补充，这样上下往返不停，形成水的对流运动。大气的对流运动是怎么形成的呢？就是太阳光照射在大地上，地球表面不是有江河湖海，有陆地和各种植物吗？它们受热的程度不一样。受热的空气上升，空出的位置就由较冷的空气来补充。可是，冷空气走了，位置也不能空着呀，就又有上面的空气流下来补充。这就叫作空气对流运动。

"如果上升的空气达到水汽凝结的高度时，就形成了一片一片馒头模样的云，叫淡积云。淡积云上升气流的速度一般不超过每秒五米，像咱们乘坐的飞机要是从淡积云中穿越，只稍稍感觉到颠簸。要是对流继续发展，淡积云就会形成山峦一样的浓积云。这种云里，上升气流的速度每秒能达到五十米左右，飞机进入后会有强烈的颠簸。"

"呀，刚才飞机颠簸厉害，就是遇到了浓积云吗？"明明眨着黑眼睛问。

"是的。"莉莉将茶杯递过来，我喝口水接上说，"对流再发展，浓积云升得更高，顶部温度显著下降，甚至有冰晶出现，长成云峰，称为积雨云，它会带来大雨。俗话说：云山起，大雨临。在积雨云中飞行，会给安全造成很大的威胁。"

隆隆震响的飞机开始左转弯，进入一片云海之中，上不见天，下不见地，只见云层裹着机身流逝。有几个孩子赶紧抓住座椅的把手，闭起眼睛一动不动地躺着。大概是为了接受上一次颠簸的教训吧，那样儿惹得我直发笑。

"气象爷爷，您干吗笑啊?"莉莉本来也是躺着的，这时却扭过头来问。

我说："你们光看云多，可不知道这是层状云，飞机不会颠簸的，现在不是很平稳舒适吗?"

这一说，整个机舱雀跃开了。几个躺着的孩子一下睁开眼，扒着窗口向外看。外边一片云海茫茫。

明明向我提问："飞机在层状云中飞行，就不感觉颠簸，这是为什么呢?"

"嗯，听我慢慢说吧。"

登山运动员爬坡

"大气上升，有时候也会像登山运动员爬坡一样，

183

沿着一定的斜坡向上运动，气象学称它为滑升运动。这样的运动规模大，形成的云层范围广、层次多，所以就叫它层状云。层状云中，最高的是卷层云；被高空强风吹散，像毛毛丝状的叫卷云；中间一层叫高层云；最低的时常降雨，就叫雨层云。"

明明不懂："气象爷爷，怎么会有那么多层呢?"

"别着急，孩子们，听我一层一层讲吧。大气上滑运动时常发生在冷暖空气的交界面上。冷暖空气相遇的时候，冷空气重，暖空气轻，冷空气就向暖空气下面钻，暖空气也向上滑升，当滑升到水汽凝结的高度就形成了云。冷暖空气交界的面我们叫它为锋面。一个不断移动的暖锋面到达某个地方，云层就有明显变化。最先看到的是卷云，逐渐变为卷层云；以后云层降低，出现高层云；随着锋面靠近，云底降得更低，就出现了雨层云。这样的变化是有一定规律的。孩子们，听说过'天上钩钩云，地上雨淋淋'的天气谚语吗?"

明明答："我们老师说过。"

莉莉答："我是听妈妈说的。"

还有几个说："在书上读到过。"

"好。谚语里的钩钩云，就是被高空强风吹乱的卷云，因为带钩，所以就叫它钩钩云。层状云上升运动速度非常小，差不多每秒一至十厘米……"

"嗬，多像大船在平静的水面上航行呀！"

"不是跟坐着汽车在柏油路上跑一样稳当吗？"

"不错，你们打的比方都很对。层状云中气流平稳，飞机不会颠簸，简直如履平地。这不，咱们的飞机在层状云中已经飞了——"我抬手看看表，"整十分钟了，你们的感觉怎样？"

"又平稳又舒服！"

"同学们请注意！飞机正在右转弯，绕过前方的'飞行禁区'——雷暴云。"广播喇叭又响了。

喜欢打破砂锅问到底的明明向我提问："云是软的，飞机是硬的，硬的从软的中间穿过去，难道还会有危险？"

"嗬，危险可大了。不过百闻不如一见，大家把窗帘子拉严，我给你们放映《穿越雷暴云》的电影。"说罢，我打开微型放映机，银幕上，一幅幅惊险的画面在孩子们的眼前闪现，有时惊得他们失声大叫——

请看惊险电影

初夏的一天。

机场的起飞线上，一位彪悍的飞行员坐在歼击机的座舱里，熟练地检查着各种仪表。一眼看出，他准是个非常精明的飞行干部。

"砰"的一声，从指挥塔台旁腾空升起一颗绿色信号弹！眨眼工夫，战鹰像离弦的银箭直射长空。飞机进入了层状云中，平稳地飞行。飞行员握紧驾驶杆，左右看了看，脸上显得很轻松。猛然，飞机进入了浓密的乌云之中，上下颠簸得厉害。飞行员面部表情有些紧张，他两眼盯住高度表，表的指针由七千米倏地下降到六千米，又猛然上升到六千五百米。

紧接着，大雨倾盆而下，一道树枝状的闪电划破长空，只见飞机翼尖上火花迸发，亮光使人头晕目眩。大概是为了防止雷击，他迅速关掉无线电设备。闪电紧接着闪电！每一次闪电，飞机就猛地一个震动。气流更凶猛地冲击着，机翼随时都有折断的危险，飞行员紧紧抱住驾驶杆，使飞机保持平衡。不料，积冰和冰雹又噼里啪啦打在机头的挡风玻璃上，要不是防弹玻璃，很难设想它的后果。不好！又一股强大的气流把飞机狠狠地抛下去，机身一个大倾斜剧烈下降，仿佛树梢、电线杆、楼房和河流都疾速地在飞机的下方掠过……

"哎呀，飞行员叔叔！"莉莉吓得大声呼叫。

"叔叔，快拉起来！"

孩子们都惊慌了，一齐高喊着。

喊声未落，飞机改平了，又向前飞去了。忽然，太阳光从头顶照进了座舱。飞行员长舒了一口气,用手抹了抹脸上的汗珠,露出了胜利的微笑。终于飞出了雷暴云区!

看完电影,孩子们情不自禁地鼓起掌来,都为飞行员叔叔化险为夷而赞叹、祝贺。可是,这毕竟是一种冒险的飞行,真使人毛骨悚然。我回到座位上,见莉莉和明明都在擦脸上的汗哩。我说:"孩子们,大家都亲眼看到了吧,雷暴云不仅有强烈的上升气流,也有猛烈的下降气流。飞机在其中飞行,一忽儿被上抛几百米,一忽儿又下降上千米,这有多么危险啊!稍有差池,就会机毁人亡。所以,把雷暴云规定为飞行禁区,是非常重要的。"

"照这么说,云对飞行只有害处,没有好处啦?"

"那可不能一概而论。云,有不利于飞行的一面,但也有利于飞行的一面。在战争中,如果利用得好,它对整个战斗的胜利能起决定性的作用,千万不能小看它啊。不相信?哈哈,孩子们,我就再讲讲云在战争中的地位。"

从"鹰计划"谈起

"海狮计划",是 1940 年 7 月第二次世界大战时,德

187

国法西斯头子希特勒为了渡过英吉利海峡，登陆英国而制订的。为了保证"海狮计划"的成功，德寇又制订了空袭英国的"鹰计划"。于是，从 8 月 15 日开始大规模轰炸英国，每天派出上千架飞机，多得跟乌鸦一样，黑压压地遮天蔽日。可是，英国当时天气很坏，经常云雾弥漫，德国又搜集不到对方准确的气象情报，"鹰"与"海狮"都难以奏效。而英国充分利用了天气条件，对德寇的空袭进行坚决反击，打下了许多德寇飞机，使他们最后不得不停止对英国的狂轰滥炸。

明明高兴地大声说："德寇空军遭到了惨败，太好啦！"

"可不是嘛，我们的人民空军也有一次巧妙地利用云层掩护，一下击落、击伤三架敌机，立下了战功。"

莉莉闪着明亮的大眼，问："气象爷爷，那三架敌机是怎样打下来的，您快说吧！"

"好的。这是 1958 年，也是 7 月的一天，空中健儿们接到上级命令，利用多云天气，低空隐蔽，飞到东南沿海的一个机场，在那儿等待时机出击歼敌。敌人真听话，果然当天就来了四架飞机，在我沿海上空骚扰破坏。说时迟，那时快，为了隐蔽接近敌人，指挥员根据所掌握的准确的气象资料，决定我机低空云下编队出航，然后利用云隙，突然钻出来，占据有利位置，发动进攻。

由于空中、地面紧密配合，给敌人以出其不意的打击，使我无一伤亡，取得了三比零的辉煌战果。"

"云和飞行的关系真够密切呢。"

"这就看你会不会利用它了。"

孩子们的话像炒爆豆似的响了起来。随着孩子们的吵嚷声，广播员宣布今天已经飞完预定课目。不一会儿，飞机便轻轻降落在跑道上。

云天航游结束了，我站在机场草坪上，仰望云天，回味着孩子们刚才的争论，仿佛看见许多小鹰正在穿云驾雾，展翅翱翔。

（载《科学文艺》1980 年 6 月）

在知识的海洋里畅游

科学童话，又称知识童话，和文学童话宛若一对并蒂莲。它既能够给人以科学的启迪，又具有艺术的感染力，能够增强人们学习自然科学的浓厚兴趣，犹如在知识的海洋里畅游。

写好科学童话，首先要有一颗童心，学习科学知识，不做"科盲"。我在空军报社从事编辑工作三十余载。当年为适应新时期科学技术发展的需要，部队掀起了学习科学文化知识的热潮，社里研究决定在报纸上开辟"学知识"专版，为干部战士学习科学文化知识提供园地，定为每周出版一期。大概领导觉得我思路开阔，适应能力较强，就把创办"学知识"的任务交给了我。经过认真筹划，专版很快以通俗易懂的文字和生动活泼的形式出现，普及自然、地理、军事以及生活方面的知识。我前后编发"学知识"专版近二百期，系统介绍了军用飞机、激光武器、高炮、气象、医学、仿生等空军各兵种知识和其他一些知识，其中"空军兵种知识""龙阿虎求学记""生活小顾问"等栏目受到基层官兵的普遍欢迎。"龙阿虎"专栏刊登的文章体裁类似于童话，阅读轻松愉快，引人入胜。"龙阿虎"这个可爱的虚拟形象，一度成为军营里刻苦求知的战士的象征。

因为报纸宣传的需要，我必须围绕工作经常学习、钻研、更新一些知识。图书馆、资料室、科研单位，都是我经常去的地方，从书本上查找，向专家们请教，仅摘记的卡片就有千余张，获得了许多新的知识，使我终身受益。就这样，在我负责编发"学知识"将近五年的时间里，上自天文，下至地理，有许多知识我几乎是从一无所知，到知之甚微，再到略知一二。日积月累，日久生情，在完成本职工作之余，也有了创作的冲动。于是我用一颗好奇心，开始了科学童话的学习创作，企盼用手中的笔，写出能够让人快乐阅读的童话，为普及科学知识尽自己的绵薄之力。书中童话，全部是在那个时期所写，有的在《空军报》"学知识"专版连载，有的先后被全国一些科普刊物和广播电台少儿节目采用。今天我把这些作品收入书中，献给大家，聊表寸心。

2020 年 2 月 10 日于静远斋

图书在版编目(CIP)数据

云上的阳光／窦志先著. — 北京：中国文史出版
社，2021.1

（跨度新美文书系）

ISBN 978 - 7 - 5205 - 2177 - 2

Ⅰ. ①云… Ⅱ. ①窦… Ⅲ. ①散文集 - 中国 - 当代
Ⅳ. ①I267

中国版本图书馆 CIP 数据核字（2020）第 201697 号

责任编辑：牟国煜

出版发行：**中国文史出版社**

社　　　址：北京市海淀区西八里庄路 69 号院 邮编：100142
电　　　话：010 - 81136606　81136602　81136603（发行部）
传　　　真：010 - 81136655
印　　　装：北京新华印刷有限公司
经　　　销：全国新华书店
开　　　本：720 × 1020　1/16
印　　　张：12.5　　　　字数：106 千字
版　　　次：2021 年 1 月第 1 版
印　　　次：2021 年 1 月第 1 次印刷
定　　　价：48.00 元